나에게
돌아오는
시간

나에게
돌아오는
시간

지은이 | 최효찬
그림 | 허진
발행일 | 초판 1쇄 2018년 3월 5일
발행처 | 멘토프레스
발행인 | 이경숙
본문편집 | 이호진
교정 | 김경아
인쇄·제본 | 한영문화사
등록번호 | 201-12-80347 / 등록일 2006년 5월 2일
주소 | 서울시 중구 충무로 2가 49 - 30 태광빌딩 302호
전화 | (02)2272-0907   팩스 | (02)2272-0974
E-mail | mentorpress@daum.net
        mentorpress@gmail.com
홈피 | www.mentorpress.co.kr
ISBN 978-89-93442-43-4 (03810)

나에게 돌아오는 시간

멘토 press

독자들에게 '뜨거운 눈물'로 다가서길 희구하며

그동안 저는 '남자는 울지 않아야 된다'는 강박관념에 사로잡혀 있었나 봅니다. 내 생애 동안 울어본 적이 아마도 열 손가락 안에 들 정도이니까요. 그러던 제가 지난해 두 번에 걸쳐 엉엉 울었습니다. 얼굴이 눈물 콧물로 뒤범벅되었을 정도였으니까요.

그렇게 주체할 길 없이 서럽게 운 것은 난생 처음이었는데, 다름 아닌 아버지와 어머니로 인해서였습니다. 그것은 어린 시절과 현재를 오가면서 아버지와 어머니를 만난 '오래된 새로운 만남'이었습니다. 이를테면 《고백록》으로 유명한 성자 아우구스티누스가 언급한 '과거적인 현재'를 저 역시 만났던 것입니다.

부친께서는 38년 전 돌아가셨지만, 새삼스레 그때의 기억을 떠올리며 회한에 젖어들었습니다. 그 여정에서 노동에 지친 젊은 아버지를 만났고 또 사위어가는 지금의 어머니를 만났습니다. 그 만남 속에 해묵은 감정들과 무의식들이 씨줄과 날줄로 교차하고 있었지요. 그러다 어느 지점에서 왈칵, 터져버린 눈물이 '마음의 강'이 되어 내 온몸을 적시고 있었습니다. 많이 울면 속이 뚫린다는 말처럼 뜨거운 눈물이었습니다. 그 옛날 가족들과 함께한 나날들이 주마등처럼 스치면서 내 인생 최대의 '큰 울음'을 울었던 것 같습니다.

"우리가 삶의 굴레에서 취했던 다양한 경험들은 대부분 사라지며, 남겨지는 특징적 기억과 마지막 기억 때문에 그 경험에 대한 스토리를 만든다고 한다." 이는 노벨상을 받은 심리학자 다니엘 카너먼이 설파한 '극치-종결'이론입니다. 흔히 과거 경험 중 끝이 좋게 마무리된 것은 아름답게 기억되고, 그렇지 못한 것은 부정적인 기억이 정신을 지배한다는 얘기입니다.

'극치-종결'이론이 강조하듯, 저는 두 번에 걸친 뜨거운 눈물을 통해 그동안 저를 괴롭혔던 부정적인 생각과 감정의 찌꺼기, 나의 허상에 불과한 그림자 등, 이러한 불순물들과 결별하는 시간을 가질 수 있었습니다. 결국 과거의 부정적인 기억들은 뜨거운 울음을 통해서만 정화될 수 있는 것이 아닐까 하는 느낌을 받았습니다. 미성숙한 시기에 흘린 눈물이 끝없이 무언가를 얻기 위한 갈망과 갈증의 울음이었다면 중년을 넘어선 지금은 끝없이 자신을 비워내고 성찰하기 위한 울음이 아닌가 생각이 들었습니다.

제 나름대로 과거의 울음을 딛고 꿈과 이상을 향해 무진 애를 쓰며 달려온 인생길. 앞으로의 길 또한 쉽지 않겠지만, 저는 여전히 노력할 것입니다. "이상은 현실을 개조하지만, 이상은 반드시 현실의 노력을 통해 현실을 개조해야 하고, 그렇기 때문에 현실도 이상을 개조한다."고 하는 《변신인형》의 작가 왕멍의 말을 상기하면서 말입니다.

이 책은 17년간 몸담았던 직장을 떠나 전업작가로서 새 삶을 시작한 마흔 셋부터 운영한 〈자녀경영연구소〉에서 독자들에게 보낸 편지글을 토대로 한 글입니다. 일명 '자경연레터'라고 일컫는 이 편지는 현재까지 13년째 7백여 명에게 띄워오고 있지요. 이 글들은 지난 12년 동안 저를 위로하고 힘이 되어준 성장통 같은 울음들이었습니다. 누군가를 불러보고 싶을 때 혹은 그리움을 주체할 수 없을 때 마음속에 켜켜이 쌓인 고독을 불러내어 토로하게 해준 속울음들이었다고 할까요.

이제 저는 '과거적인 현재'의 강을 건너 '미래적인 현재'로 나아가고자 합니다. 미래는 아직 오지 않았지만 앞으로 다가올 것에 대한 우리의 기대 속에 현존해 있습니다. 하여, 저는 누구에게나 위로가 되는 한 편의 시이고 싶고 교향곡이고 싶습니다. 허기진 배에 온기를 주는 따뜻한 밥이고 싶고, 누구나 잠시 무거운 발걸음 쉬어가며 볼가심할 수 있는 쉼터이자 호숫가 풍경이고 싶습니다. 무엇보다 이 책을 읽는 독자들에게 뜨거운 눈물이 되고 싶습니다. 그런 사람이 되고 싶습니다. 앞으로 그런 글들을 쓰고 싶습니다.

2018년 1월
북한산자락 채효당에서

차 례

제 1 장

나의 아버지

밤꽃 내음

소년의 기억

마흔, 아버지의
마음이 되는 시간 *

마흔을 넘기면서 언제부터인가 예고 없이 불쑥불쑥 아버지가 생각나곤 합니다. 아침 산책길에서 순간순간 생전 아버지의 모습이 떠오르기도 합니다. 아버지와 연세가 같은 분을 보면, '아버지도 저런 모습일 테지……' 하고 상상합니다. 그럴 때면 저도 몰래 코끝이 찡해 옵니다. 아버지는 이른 아침에 농사일을 나설 때 풋고추를 넣은 라면을 즐겨 드셨습니다. 어린시절 잠결에 이 광경을 보곤 했습니다. 제가 풋고추를 곁들인 라면을 즐겨 먹는 것도 이 때문입니다.

중년의 자식들이 아버지를 떠올리는 것은 비단 저만의 이야기는 아닌 것 같습니다. 어떤 블로거는 춘부장의 빈소에 갔다 선친이 생각나 그 길로 1박2일 여행하며 아버지를 추억하고 돌아왔다고 합니다. 그래서 곰곰이 생각해 보았습니다. '왜 사람들은 마흔 정도가 되면 아버지를 생각하는 걸까……' 그 의문은 우연하게 책을 읽다 풀렸습니다. "마흔이나 마흔 다섯 살 정도 되면 아버지에게 자연스럽게 이끌린다." 미국의 시인이자 신화분석가인 로버트 블라이의 말입니다. 마흔에 접어들면 사람들은 아버지를 정확히 보고, 아버지에게 다가가려는 욕구가 생긴다는 것입니다. 그것은 마치 인간의 생물학적 시간표에 따르기나 하듯이 불가해하게 찾아드는 현상이라고 합니다. 말하자면 자식들은 마흔 이후가 되어야 부모를 마음으로 만날 수 있다는 것입니다.

그러고 보면 저 또한 그랬습니다. 정확하지는 않지만 저는 마흔 이전까지는 아버지에 대해 별 생각을 하지 않았습니다. 물론 사는 데 바빴던 탓도 있을 테지만 말입니다. 아버지는 제가 고2 여름방학 때 돌아가셨습니다. 벌써 아버지가 세상을 떠나신 지 38년이 흘렀습니다. 아버지와 함께 산 날들이 마치 신기루처럼 느껴질 때가 있습니다.

가물거리는 기억을 붙잡고 싶어 최근에는 서재 한 편에 아버지의 사진을 걸어 두었습니다. 해인사에서 찍은 사진 속 아버지는 짙은 검정 양복을 입으시고 선글라스에 멋스런 지팡이를 짚은 자세를 하고 계십니다. 젊은 시절에 누구나 한 번쯤 취해봄직한 당당한 모습입니다. 이 사진을 볼 때마다 '아버지도 젊은 시절이 있었구나!' 하는 생각이 새삼 듭니다. 그 옆에는 백악관을 배경으로 한껏 폼을 잡은 저의 30대 시절 사진이 있습니다.

어머니는 4년 전 추석 무렵 척추를 크게 다치셔서 거동을 못 해

요양병원에 계십니다. 볕이 따스했던 지난 봄날, 어머니를 휠체어에 태워 병원 밖으로 산책을 했습니다. 그때 어머니는 오래된 이야기를 해주었습니다. "그 양반은 순전히 술심(힘)으로 일을 했다. 얼매나 일을 했던지 손톱이 다 닳아 없어질 정도였다……" 그 순간 아버지에게 얼마나 미안했는지 모릅니다. 시골 가난한 살림살이에 네 명이나 되는 자식을 공부시키느라 아버지는 황무지 개간에도 나섰습니다. 나도 아버지를 따라 돌을 캔 적이 있었습니다. 가혹한 노동은 술로 이겨내야 했을 것입니다. 어느 새 알코올중독 상태가 된 아버지는 술을 드시면 평소와 달리 돌변해 때로 어머니에게 폭력을 가했습니다. 그때 저는 '아버지가 이 세상에서 없어졌으면 좋겠다'고 생각했습니다.

술에 취하면 아버지는 젊은 시절 이루지 못한 꿈을 들려주곤 했습니다. "부산의 한 공공기관에 취직시험을 보고 합격이 되었는데 집배원이 합격통지서를 이웃 동네에 있는 이름이 비슷한 사람에게 잘못 전해주었다. 뒤늦게 이를 알았을 때는 합격이 취소되고 난 후였다." 마치 호랑이 담배 피던 시절의 이야기처럼 들렸습니다. 그 합격통지서를 제대로 받았다면 아버지의 인생도 우리 가족의 삶도 많이 달라졌을 것입니다.

요즘 산책길에서 아버지의 그 꿈을 복기해 보곤 합니다. '그래, 젊은 시절 아버지도 이루고 싶은 꿈이 있었어. 불행히도 눈앞에 보였던 꿈은 물거품이 되었고……. 그래도, 어머니에게는 왜 그러셨어요?' 나도 아버지가 되면서 차츰 아버지의 고단했던 삶을 이해하게 되었지만 몇 장면만은 결코 지울 수 없는 트라우마로 남아 있습니다. 아버지는 아버지로서는 훌륭한 아버지였지만 남편으로서는 모진 애증(愛憎)을 남긴 남편이었던 것입니다.

고등학생 시절 한번은 술에 만취한 아버지를 부축하며 집으로 온 적이 있었습니다. 그때 아버지가 이런 말씀을 하셨습니다.

"네가 장가갈 때까지 살아 있어야 할 텐데……."

아버지는 그 바람을 이루지 못하셨습니다. 장맛비가 쏟아지던 여름날, 아버지는 47살에 돌아가셨습니다. 고2였던 저는 지금 생각해도 철이 없었습니다. 아버지를 모시고 병원 한번 가지 않았기 때문입니다. 한번은 어머니가 이렇게 말했습니다. "그 양반한테 부산에 가서 큰 병원에 가 보시라고 돈을 마련해서 드렸단다. 그런데 그걸 한 푼도 안 쓰고 가져왔더라. '내 병은 내가 안다. 그 돈이면 자식들 공부 뒷바라지를 해야 한다'고 하면서……." 지금 생각해보면, 아버지는 자식교육을 당신의 목숨과 맞바꾸셨던 것입니다.

아버지는 생전에 아침이나 저녁에 안방에서 늘 두툼한 수첩을 꺼내 메모를 하셨습니다. 몇 년 치를 함께 묶은 수첩이었습니다. 어린 저는 수첩에 무엇을 기록하실까 늘 궁금했습니다. 그러다 고향집이 합천댐으로 수몰되기 전에 그 수첩을 다시 볼 수 있었습니다. 놀랍

게도 거기에는 집안의 대소사를 비롯해 영농일지와 대출내역과 차용증 등이 **빼곡히** 적혀 있었습니다.

세월은 흐르고, 제가 대학 공부를 위해 집을 떠나면서 그 사실에 대해 까마득히 잊고 지냈습니다. 그러다 몇 년 전 아버지가 생전에 쓰시던 수첩에 관한 이야기를 어머니와 나누다 그 기록지들의 행방에 대해 물었습니다. 어머니는 합천댐으로 수몰되기 전 짐을 정리할 때 이삿짐과 함께 보관해두었을 거라며 아마도 큰댁 어딘가에 있을 거라 했습니다. 아버지의 수첩은 제가 꼭 다시 보고 싶은 유품 중 하나입니다. 그 수첩에는 생전 아버지의 고단했던 삶이 그대로 담겨 있을 것입니다.

저는 마흔 이후 술과 담배를 멀리하고 있습니다. 제가 술을 멀리하게 된 것은 아들이 태어나고 자라면서입니다. 그것은 술로 인한 가족 간의 상처를 혹시나 아들이 겪지 않을까 우려했기 때문입니다. 무엇보다도 결혼식 때 제가 겪은 아버지의 부재를 아들에게 대물려 주고 싶지 않아서입니다. 저는 38살부터 금연을 하고 있는데 제가 금연에 성공한 것은 아버지의 영향이 큽니다. 술을 좋아하신 아버지였지만, 아버지가 담배 피시는 것은 한 번도 본 적이 없습니다.

때로 부모가 자식에게 상처를 주기도 하고, 자식이 부모에게 상처를 주기도 합니다. '상처 없는 영혼은 없다'라는 말이 있듯이 상처 없는 가족은 없을 것입니다. 그 상처는 가족이라는 울타리를 위협하기도 합니다. 하지만 결국은 서로에 대한 측은지심으로 치유되기도 합니다. 병상의 어머니는 건강한 모습의 아버지를 꿈에서 만나셨다면서 기분이 참 좋았다고 하셨습니다. "어머니, 그럼 나중에 아버지와 합장해 드릴까요?" 펄쩍 뛰실 줄 알았는데 빙그레 웃으십니다.

* 2015년 《한국수필》 12월호 신인상 당선작

마들렌 혹은 밤꽃 내음이
전해준 옛 기억들

　우연히 지나치는 하나의 장면이 희미한 옛 기억을 불러오는 매개체가 되기도 합니다. 일전에 TV 채널을 돌리다 남해와 고창의 보리밭과 보리타작하는 모습을 보았습니다. 오랫동안 손을 놓고 있던 농부들이 촬영을 위해 재현을 한 탓인지 도리깨질하는 손놀림이 어딘지 서툰 듯 했습니다. 오랫동안 잊고 있었던 정경이었습니다. 그 장면을 보면서 나도 모르게 눈물을 글썽거렸습니다.

　어린시절에는 젊은 아버지와 어머니, 누나와 형들이 하는 보리타작을 거들곤 했습니다. 아버지가 흥을 돋우며 타작마당을 주도하면 어머니와 우리 형제들이 장단을 맞추면서 도리깨질을 했습니다. 그 시절이 그렇게 까마득한 옛날이 되어 버렸습니다. 이제는 어느 시골을 가더라도 그런 모습을 마주할 수 없습니다. 이 땅에 농경의 역사가 시작된 이래 수천 년간 이어오던 그 타작마당의 정경이 30~40년의 길지 않은 시간 동안에 사라진 것입니다. 그리고 우리 모두는 언제 그랬냐는 듯이 까맣게 잊고 살아갑니다. 우리 시대는 '잃어야 하는 것'이 더 많은 세상이라는 생각마저 듭니다. 뭐, 예전이 좋았다거나 하는 말은 아니지만…….

인간 내면의 의식 속에서 이미 지나간 과거는 기억으로 남게 됩니다. 그래서 우리는 과거를 기억으로 알게 됩니다. 《고백록》을 써서 '회개한 성자'로 잘 알려진 아우구스티누스는 이를 일러 '과거적인 현재'라고 불렀습니다. 과거적 현재는 때로 우리의 삶을 억압하기도 하지만 윤택하게도 합니다. 비가 내리는 날 혹은 까닭 없이 마음이 가라앉는 무덥고 지친 여름날에는 한동안 잊고 지냈던 그 오래된 '과거적 현재'를 만나고 싶어집니다. 마치 첫사랑의 기억처럼 말입니다.

얼마 전 고향에 갔다 어떤 농익은 내음이 진동해 잠시 멈칫했습니다. 그 내음 속에 뭔가 과거의 기억들이 묻어났는데 딱히 생각나지는 않았습니다. 이게 뭘까, 하고 한참 생각에 잠겨 있었는데, 그 순간 이제는 기억마저 희미해져버린 정경이 떠올랐습니다. 그것은 다름 아닌 밤꽃 내음에 실려 온 오래된 풍경이었습니다. 소년시절 아버지와 함께 보리타작을 할 때 들녘 저편에서 바람에 실려 풍겨 오던 그 야릇한 내음, 그것은 바로 밤꽃 내음이었습니다. 바람결 그 농익은 밤꽃 내음이 아버지와 형제들과 함께 보리를 베고 타작을 하던 그 순간을 오래된 기억에서 불쑥 건져올린 것입니다.

때로 기억은 꼬리를 물고 이어지곤 합니다. 그즈음 우리 집 대문 앞에 여름철 내내 놓여 있던 평상이 떠올랐습니다. 들에 일하러 오가던 동네사람이나 길손이 지나가다 잠시 앉아 쉬어가곤 했지요. 유달리 막걸리를 좋아하셨던 아버지는 평상에 앉아 술을 마실 때면 지나가는 동네사람들에게 한잔하고 가라고 불렀습니다.

소년은 오후가 되면 소를 먹이러 갔습니다. 우리 집은 사형제가 초등학교 다닐 때까지 바통을 이어가며 소를 먹였습니다. 소를 먹이러 나설 때면 으레 바지게를 지고 나서서 소가 풀을 뜯는 동안 부지런히 풀을 베어 바지게를 가득 채웠습니다. 풀베기를 마치면 소년은 바위에 자리 잡고 숙제를 했습니다. 숙제가 끝나면 근처에 있는 복숭아밭으로 가서 복숭아를 따먹곤 했습니다. 아버지는 야산을 개간해 복숭아나무를 심어서 인근에서는 유일하게 복숭아과수원을 만들었습니다. 복숭아에는 털이 뽀송뽀송했는데 지금도 그 까끌까끌한 복숭아털이 마치 손에 닿는 것처럼 느껴집니다.

소년은 중학교에 진학하면서 네 살 터울의 막내에게 소먹이는 일을 물려주었습니다. 그러고 보니 막내가 가장 오래 소먹이기를 한 것 같습니다. 우리 형제들은 중학교를 마치고 진주로 고등학교에 진학하러 떠났기 때문에 막내가 소먹이는 일이나 농사일을 도맡아야 했습니다. 다른 집에서는 막내가 귀염을 받고 자라는데 우리 집은 그렇지 못했습니다. 이제야 어린 동생이 가여웠다는 생각이 듭니다.

지금 동생은 모스크바에 정착해 살고 있습니다. 그 동생도 이국땅에서 때론 고향 생각에 얼마나 잠자리를 뒤척일까요. 지금은 합천댐으로 수몰되어 고향의 모습이 사라졌지만 기억의 저편에 자리 잡은 추억들은 잊히질 않습니다.

> "이 과자(마들렌) 맛은 내가 콩브레에서 일요일 오전에 고모에게
> 아침 인사할 때 고모가 홍차나 보리차에 적셔서 주었던 바로 그 맛
> 이야."

마르셀 프루스트의 《잃어버린 시간을 찾아서-스완네 집 쪽으로》에서 주인공 마르셀은 잠 못 이루는 밤에 콩브레에서 보낸 유년시절의 기억을 떠올리려고 애를 씁니다. 그러다 어느 겨울 오후, 어머니가 사람을 시켜 사오게 한 마들렌(밀가루, 버터, 달걀, 우유를 넣고 레몬향을 첨가해 구운 프랑스의 티 쿠키)과자를 홍차에 적셨을 때 순간적으로 과거의 기억들이 생생하게 떠오릅니다.

마들렌 과자와 홍차는 주인공의 오래된 기억 속 미각과 후각을 자극해 유년시절의 기억을 생각나게 한 매개체로 작용한 것입니다. 이런 오랜 감각적인 기억들을 하나둘씩 떠올리며 마르셀은 잊었다고

생각한 자신의 유년시절로 되돌아갑니다. 교회종탑, 좁은 골목길, 작은 집들, 선량한 마을사람들을 비롯해 콩브레에 대한 이런저런 기억들을 생생하게 떠올릴 수 있었습니다.

> "아침부터 저녁때까지 마을 모습이 떠올랐다. 마을광장이며 심부름 하러 가던 거리며, 오솔길들……. 이 모든 것이 형태와 견고함을 갖추며 내 찻잔에서 솟아나왔다."

이렇게 어떤 계기로 인해 끄집어낸 우리의 무의식을 지그문트 프로이트는 '전의식'이라고 했습니다. 말하자면 억압당하고 있는 심층의 기억들이 깃들어 있다 나타나는 '추억의 집'이 전의식에 존재한다는 말입니다. 프루스트는 이런 의식을 따라가며 소설을 써 내려갑니다.

살아가다 보면 누군가의 발부리에 채여 넘어지는가 하면 지치고 절망할 때도 있을 것입니다. 찻잔 속에서 기억이 솟아난 마르셀처럼 이때 기억의 저편에서 불러낼 수 있는 '즐거운'(비록 그 당시에는 즐겁지 않은 기억들도 이제는 즐거운) 추억들이 있다면 그 기억들로 인해 다시 살아갈 힘과 용기를 얻을 수 있을 것입니다.

마들렌과 홍차 혹은 밤꽃 내음과 같은 이런 기억의 상징물이 '매개'가 되어 그 오래된 추억들을 불러내는 기쁨을 누리는 것 또한 우리 인간만이 가지는 특권이 아닐까요. 혹은, 인간이 인간다울 수 있는 것은 이런 기억의 향유 때문이 아닐까요.

그래서인지 봄날처럼 짧디 짧은 유년시절 추억의 집은 아름답다 느끼지 않았던 기억조차도 지금은 아름답다 느끼게 하는 마력을 지니고 있는 것 같습니다.

제2장

행복의 태동

아비 노릇

반성의 시간

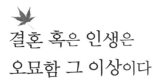

결혼 혹은 인생은
오묘함 그 이상이다

"아기가 태반을 먹었어요." 막 대기실에 들어서자 간호사가 이렇게 전했습니다. 저는 태반이 무엇인지, 태반을 먹으면 아이에게 어떤 영향을 미치는지 몰라 순간 당황했습니다. 간호사는 "자칫하면 큰 사고로 이어질 수 있었다"면서 다행히 지금은 인큐베이터로 옮겨져 치료를 받고 있다고 전해 주었습니다. 생애 처음으로 아기 탄생의 진통을 경험한 저는 식은땀을 흘렸습니다. 당시 아내는 자연분만이 가능하다는 의사의 말에 분만촉진제를 맞았지만 입원한 지 33시간 만에 결국 수술을 했습니다. 이런 우여곡절 끝에 아들이 태반을 먹으면서 세상에 나온 때는, 1996년 8월 30일 오전 11시 35분이었습니다.

아들이 태어나던 바로 그날은 우연찮게도 신문사에 다니면서 야간과정으로 공부하던 연세대 언론홍보대학원 석사 과정의 졸업식 날이었습니다. 대기실에서 출산 소식을 애타게 기다리던 저는 자칫 졸업식 참석은커녕 기념사진 찍을 시간마저 놓칠세라 서둘러 졸업생들이 있는 곳으로 갔지만 아무도 없었습니다. 동행한 둘째 형수 덕에 몇 컷의 사진을 찍고 부랴부랴 대기실로 달려갔다가 청천벽력 같은 소리를 들은 것입니다. 말하자면 아빠가 정신없이 졸업식 사진을 찍던 바로 그 시각에 아기가 태어난 것입니다. '그까짓 졸업사진이 무어라고 자리를 지키지 않고 갔나' 하는 자책감이 몰려왔습니다. 그때를 생각하면 지금도 아내와 아들에게 미안한 마음을 감출 수 없습니다.

아기 탄생을 앞둔 초보남편 시절 저는 아내의 가슴에 큰 생채기를 남겨 주었답니다. 지금도 아내는 그 당시의 일을 입버릇처럼 말하곤 합니다. 만삭인 아내는 출산예정일을 20일 정도 앞두고 새벽에 양수가 터져 둘째처남에게 긴급하게 연락해 신촌에 있는 병원 응급실로 갔습니다. 양수가 터진 그때 남편인 저는 만취상태로 귀가해 자고 있는 터여서 운전을 할 수가 없었습니다. 당시 처남은 막 운전면허증을 따고 시험운전도 안 해본 상태로 운전대를 잡았습니다. 그때 아내는 술 취해 들어온 남편을 얼마나 원망했을까요. 처남의 서툰 운전에 병원까지 가는 길은 또 얼마나 긴 시간이었을까요…….

임신 시기를 떠올릴 때면 아내가 빼먹지 않는 레퍼토리가 있습니다. 아내는 만삭이 되어가면서 임신우울증에 시달렸다고 합니다. 당시 저는 그 사실을 까맣게 모르고 있었습니다. 생동하는 처녀시절을 보냈던 아내가 결혼하면서 갑자기 허니문베이비로 임신을 하고 말았습니다. 신혼의 단꿈에 젖기도 전에 말입니다. 당시 저는 석사과정 논문을 준비하는 시기여서 직장일과 학업을 병행하느라 아내의 우울증도 감지하지 못하고 있었습니다. 훗날 아내는 그때 제가 출근하고 나면 매일같이 흔들의자에 앉아 울었다고 했습니다. 지금 생각하면 신혼시절에 아내가 툭하면 울었는데, 그게 다 임신우울증 때문이었던 것입니다. 더욱이 저는 퇴근 후에나 휴일에도 산책을 시켜달라는 아내의 요구를 한 번도 들어주지 않았습니다. 임신 상태의 아내에 대한 배려가 전혀 없었던 것입니다. 아내는 이때의 악몽 때문에 "다시 임신을 하면 내가 인간이 아니다"라고 남편에 대한 '보복'을 다짐했다고 털어놓곤 합니다.

거기에다 만삭의 아내에게 그 무더운 여름철에 와이셔츠 다림질까지 요구했습니다. 에어컨도 없던 그 시절 아내는 땀을 뻘뻘 흘리며 무거운 몸으로 철없는 남편의 요구를 말없이 들어주었습니다. 이 또한 지금 생각하면 평생 이뻐해 주어도 다 갚지 못할 미안함입니다.

"아이가 태어나면서 우울증도 사라졌어요. 또 아들 얼굴이 최고의 보약이었구요!"

얼마 전 결혼 21주년이 지났는데 그날 아내는 대뜸 이렇게 말했습니다. 말하자면 아들의 탄생이 그동안 앓던 우울증도 철부지 남편에 대한 모든 서운함도 날려버렸다고 합니다. "그때 정신이 퍼뜩 들었어요. 아기를 위해 내가 할 수 있는 일은 무엇이든지 하고 또 할 수 있었거든요." 아내는 아기를 옆집 쌍둥이 엄마에게 맡겨두고 과외를 하기 시작했습니다. 아내는 대학시절부터 영어 과외를 해왔는데, 아기 얼굴을 보니까 다시 과외를 해야겠다는 생각이 들었다는 것입니다. 아내는 "아기가 태어나면서 마치 부자가 된 것처럼 든든했어요"라고 입버릇처럼 말하곤 합니다. 그런데 참 이상한 것은 아이가 성장하면서 우리 집의 재산도 스노볼처럼 점점 늘어나기 시작했다는 것입니다. 3천만 원 전셋집에서 신혼생활을 시작했던 과거와 지금의 경제력을 비교해보면 엄청난 폭의 변화를 겪어왔다는 것을 실감하곤 합니다.

출산 후 아내는 한 번도 과외가 끊긴 적이 없었는데, 이는 박봉에 허덕이는 제게 단비 같은 역할을 했습니다. 1996년 외환위기 때 다니던 신문사가 경영위기에 처해 월급이 대폭 삭감되었지만 아내의 과외 덕분에 우리 집은 안정적인 생활을 할 수 있었습니다. 그 와중에 가양동에 있는 미분양 아파트를 계약했는데, 이 아파트는 지금까지도 우리 가계의 지렛대 역할을 하고 있습니다.

아내의 말처럼 이 모두가 아이가 성장하면서 생긴 변화상입니다. 하루는 아내가 뜬금없이 이런 말을 전했습니다. "제가 당신 몰래 아들의 사주를 본 적이 있는데요. 아들이 우리 부부를 부자로 만들어주려고 양수를 터뜨리면서까지 일찍 나왔대요." 듣고 보니 그럴 듯

27

하다는 생각마저 들었습니다. 사주란 과학적 근거가 없는 운명론적인 것이라 해도 아내의 말을 듣노라면 절로 기분이 좋아집니다. 또 아내는 이런 말도 했습니다. "용띠 아버지에 쥐띠 아들이 태어나면 집안에 복을 불러 온대요!" 물론 이 또한 허무맹랑한 속설일 터이지만 그래도 들으면 기분이 좋고 행복해집니다.

'인간의 행복을 증진시킨다면 종교는 없는 것보다 있는 게 낫다'는 철학적인 말을 덧칠하면 더 위안이 됩니다. 아들이 복을 불러온 덕분인지 신문사를 그만두고 저술가로 새 출발한 저는 독자들에게 호응 받는 책들을 잇달아 출간했습니다. 덕분에 그 수익으로 전원주택을 지을 땅도 마련할 수 있었습니다.

아내는 자주 "결혼하고서 아이가 없었다면 어찌 되었을까요?"라고 다행스러운 표정을 짓곤 합니다. 우리 부부에게 결혼은 축복이었고 아기 탄생은 그 축복의 화룡점정이었다고 감히 말하고 싶습니다. 세상의 근원자이신 신에게 감사드리고 싶을 정도로 말입니다. 아내는 가끔 아들을 낳고 키울 때가 가장 행복한 시절이었다고 말하곤 합니다. 아이가 초등학생일 때 함께 역사답사모임을 매달 다녔는데 그 시절 또한 지금 생각해보니 더없이 소중한 추억이라고 때때로 말합니다. 아마도 아내 인생의 절정기는 어린 아들과 함께한 시절이 아닐까 합니다.

우리 부부는 틈만 나면 인근 삼천사에 가서 절밥을 먹고 간단하게

나에게 돌아오는 시간

감사기도를 드립니다. 이때 우리 세 가족의 행복과 병상의 어머니, 일찍이 돌아가신 아버지를 위해 기도 드립니다. 이 또한 우리 부부가 행복한 결혼생활을 하는 데 중요한 의식이라고 하겠습니다.

저는 자식 욕심이 있는데, 어찌어찌하다 아들 하나만 두었습니다. 그것은 앞서 말한 대로 임신 중에 아내에게 산책조차 거절한 철없는 시절의 업보인 셈입니다. 아내는 지금도 그때 산책이라도 같이 했으면 아이를 하나 더 낳았을 거라고 그 오래된 레퍼토리를 틈만 나면 읊어대곤 합니다. 그런데 언젠가 아내가 제 사주를 봤더니 아들만 하나라고 합니다. 참 희한한 일입니다.

결혼생활은 한편으로 오묘한 듯하면서도 또 한편으로는 뜻대로 되지 않는 것 같습니다. 그래도 다시 결혼할 수 있다면 아내 이미미의 남편이고 싶고 승현의 아빠이고 싶습니다.

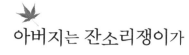

아버지는 잔소리쟁이가 아니란다

아들이 중2 때 3월 어느 날이었습니다. 그날 우리 부부는 늦잠을 잤습니다. 눈을 떠보니 9시가 넘었습니다. 아이도 그때까지 자고 있었습니다.

"여보……."

"로마(아들 아명)야……!"

"지금 몇 시인 줄 아니?"

"아이구, 9시가 넘었어요."

그때서야 아들은 늦잠에서 일어났습니다. 아내는 아들이 늦잠을 잔 것이 마치 자기 잘못이라도 되는 양 미안해 했습니다. 제때 깨워주지 못한 것에 책임을 느꼈는지 정작 늦잠 잔 아들보다 오히려 아내가 더 몸 둘 바를 몰랐습니다. 그래서 그날 저녁 저는 일부러 아내 앞에서 아들에게 일렀습니다.

"내일 아침부터는 네 스스로 일어나야지?"

다음날 아들은 우리 부부보다 먼저 일어나 신문을 보고 샤워를 하고 아침밥 먹을 준비를 하고 있었습니다. 일단은 늦잠 잔 게 오히려 약이 된 것이죠.

문득 제가 고등학교 3학년 때의 지각사건이 떠올랐습니다. 그날 아침 6시에 일어나 밥을 먹고 잠이 부족해 저는 다시 따스한 이불 속으로 들어가 잠시 잠을 청했습니다. 한 10분만 자고 일어나야지 생각하면서 말이지요. 그러다 갑자기 누군가가 흔들어 깨워서 눈을 떴습니다. 당시 저는 누나와 둘째형과 함께 생활을 하고 있었습니다. 형은 저와 같은 학교에 다니고 있었는데, 2교시가 되어도 제가 학교에 오지 않으니까 담임선생님이 형에게 "니 동생 어찌 된 일이고?"라고 물으셨답니다. 형이 부랴부랴 집에 와보니 저는 세상모르게 쿨쿨 자고 있었답니다. 그제야 서둘러 가니 아직 2교시가 끝나지 않았습니다. 지금도 그때를 생각하면 절로 웃음이 납니다.

아이가 초등학교 5학년이 되자 부쩍부쩍 키가 크기 시작했습니다. 제 가랑이 사이로 들어와 장난을 칠 때가 엊그제 같았는데, 중2가 되자 키가 제 키에 육박했습니다. 그런데 키는 쑥쑥 크는 데 반해 자꾸 어깨를 구부립니다. 저도 이전에 키가 커서 꾸부정한 모습일 때가 있었는데, 그래서 더욱 아이에게 잔소리를 합니다.

"어깨를 펴고 걸어라 이놈아!"

"제발 어깨를 펴라."

"어깨가 거북이 등이 되었다……."

아빠는 잔소리를 하는 존재인가 봅니다. 보다 못해 헬스장에 데리고 갔습니다. 코치에게 "우리 아들 어깨 좀 펼 수 있도록 집중적인 운동을 시켜주세요!"라고 당부했습니다.

며칠 다니고 있는데 좀 펴지는 것도 같더니 또 구부정해집니다.

"아이고, 이놈아! 어깨 좀 펴고 다녀라."

그런데,《데일 카네기 인간관계론》을 보니 딱 저와 같이 잔소리를 하던 19세기 미국의 한 아빠가 쓴 〈아버지는 잊어버린다〉라는 제목의 에세이가 있었습니다. 어쩌면 저의 잔소리와 그렇게 같을 수가 있을까요.

아침 먹을 때도 잔소리를 했구나. 흘리지 말고 먹어라, 꼭꼭 씹어서 삼켜라, 팔 괴고 먹지 마라, 버터를 너무 많이 바르는 것 아니냐 하면서 말이다. 네가 집을 나설 때 너는 놀이하러 가다가 내게 손을 흔들며 "안녕, 아빠"했는데, 나는 인상을 쓰며 "어깨 펴고!"라는 대답만 하고 말았구나.(중략)

저녁에 서재에서 일을 하고 있는데 네가 상처받은 눈빛으로 살며시 서재로 들어왔던 거 기억하고 있지? 누가 방해하나 하고 짜증이 나서 내가 서류 너머로 쳐다보았을 때 너는 문가에서 망설이고 있었지! 아빠는 "그래 원하는 게 뭐냐?" 하고 날카롭게 말했지.

너는 아무 말 않고 서 있다가 갑자기 달려와서 내 목을 끌어안으며 내게 입 맞추고는 조그만 팔로 나를 꼭 안아주었지. 네 가슴에 하느님이 주신 사랑이, 아무리 돌보지 않아도 결코 시들지 않는 사랑이 가득 차 있는 게 느껴지더구나. 그러고 나서 너는 탁탁거리는 발걸음 소리를 남기고 네 방으로 갔지.

아들아, 네가 간 직후 아비는 가슴이 저릴 정도로 무시무시한 두려움이 갑자기 밀려오는 바람에, 그만 서류를 떨어뜨릴 정도였단다. 아, 나는 습관적으로 무슨 짓을 하고 있었던 것일까? 습관적으로 꾸짖고 야단치고…… 우리 아들이 돼준 고마운 너에게 아빠가 주는 보상이 이런 것이었다니! 하지만 아빠가 너를 사랑하지 않기 때문에 그랬던 것은 아니란다. 단지 아직은 어린 너에게 너무 많은 것을 바랐기 때문이란다. 나는 어른의 잣대로 너를 재고 있었던 거란다. (중략) 네가 엄마 어깨에 머리를 얹고 엄마의 품에 안겨 있던 게 바로 엊그제 일인데, 나는 너무 많은 걸 바랐구나. 너무 많은 걸 바랐구나.

잘난 아버지든 못난 아버지든 자녀를 키운다는 것은 누구에게나 후회와 아쉬움, 안타까움, 회한의 연속인가 봅니다. 잔소리를 하고 나면 다시 밀려오는 회한 혹은 부끄러움……. 다 컸다고 생각하고 잔소리를 하고 뒤돌아보면 아이는 아직 아이일 따름입니다. 웅크리고 자는 아이의 이불을 덮어줄 때 그만 마음이 울컥합니다. 이런 것쯤은 아빠라면 모두 다 겪었을 테지요.

케네디 대통령의 아버지 조지프 패트릭 케네디도 잔소리하는 아빠였습니다. 케네디 대통령(애칭 잭)이 고교시절에 하도 말썽을 부리자 선생님이 잭의 아버지 조지프에게 전화를 걸어 "아들 단속 잘하시라"고 전했습니다.

형은 공부도 잘했고 장차의 목표가 대통령이었는데 어쩐 일인지 존 에프 케네디는 고2 때까지도 말썽을 피웠던 거죠. 이 전화를 받고 아버지 조지프는 화가 몹시 났습니다. 당장이라도 아들에게 호통을 치고 매를 들고 싶었습니다. 하지만 마음을 차분히 가라앉힌 아버지는 아들 잭에게 편지를 썼습니다.

"아들아, 나는 잔소리꾼 아버지가 되고 싶지 않다. 잔소리를 하는 것은 아버지의 본분이 아니라고 생각한다. 내가 보기에는 너는 확실히 훌륭한 재능을 많이 가지고 있다. 누구보다 뛰어난 능력을 가진 네가 재능을 제대로 발휘하지 못한다면 어리석은 노릇이 아니겠니?"

자녀에게 잔소리 하기를 좋아할 아빠는 없을 것입니다. 자녀가 못마땅해 때로는 충고나 조언을 하고 싶을 때가 있습니다. 충고나 조언은 자녀에게 이내 간섭으로 들리게 됩니다. 어느 날부턴가 자녀에게 아버지의 애정 어린 충고는 간섭이 되고 잔소리가 되는 것이죠. 간섭은 이내 '가속도'가 붙곤 합니다.

아들이 초등학생 때 한창 제 잔소리가 늘어갈 즈음 책을 읽다 이런 구절이 눈에 들어왔습니다.

"요즘 직장이나 사업일로 바쁜 아버지들이 아이와 함께 보내는 시간이 없다고 하소연한다. 이는 우선순위를 어디에 두느냐에 달려있다. 일이 우선순위가 되면 아이와 시간 보내는 것은 자연히 뒤로 밀리게 된다. 자녀와 좋은 관계를 유지하려면 무슨 일이 있더라도 일주일에 하루 정도는 아이와 함께 시간 보내는 것을 우선순위에 둬라."

이 내용은 바로 나 자신에게 하는 말이었습니다. 그래서 곧바로 아들과 일주일에 한 번만이라도 함께 시간을 보내야겠다고 다짐했습니다. 무슨 일이 있더라도 말이지요. 이렇게 해서 우리집의 '패밀리데이'가 시작되었습니다.

행복한 가정의 필수품
'패밀리데이'

"아들 로마가 아직도 엄마와의 '격리공포'를 느끼고 있고 그로 인해 취침시간이 늦어져 여간 고민이 아니다. 아직도 로마는 엄마가 재워주어야 잠을 잔다. 어릴 때 다른 집에 맡겨놓는 바람에 생긴 일종의 '트라우마'이다. 엄마가 과외를 하러 갈 때에는 부득이하게 다른 집에 맡길 수밖에 없었다……."

이 글은 아들이 초등학교 2학년 때인 2005년에 쓴 저의 일기입니다. 그런데 초등 5학년이 되자 강아지처럼 엄마 곁을 붙어 다니던 아이가 오히려 집에 혼자 있고 싶어 했습니다. 이른바 '심리적 이유기'가 시작된 것이지요. 이때부터 아이가 사춘기를 보낼 때까지는 '부모와 거리두기'를 하게 내버려두고 가능하면 간섭을 하지 말아야 합니다. 아이의 홀로서기가 시작되기 때문입니다. 그렇다고 아이를 방임해서는 곤란하지요. 이때 필요한 게 어쩌면 '패밀리데이'가 아닐까 싶습니다. 일주일에 하루 정도는 가족이 함께 시간을 보내는 것이지요. 어릴 때는 아이가 떨어지지 않으려고 하지만 이제는 반대로 부모가 의무적으로 아이와 함께 지내는 시간을 가지려고 노력해야 합니다.

저희 가족은 아이가 초등학교 4학년 때부터 일요일은 무조건 온 가족이 함께 보내는 '패밀리데이'로 정했습니다. 일요일만은 아이도 아빠도 엄마도 가능하면 개인적인 약속을 할 수 없습니다. 함께 영화도 보고 여행도 가고 등산을 하거나 외식을 하면서 보내야하기 때문이지요. 패밀리데이를 정해놓지 않으면 일주일에 하루도 가족끼리 보낼 수 있는 시간이 없을 것입니다. 대부분 가정이 이렇게 보내지 않을까 싶습니다. 아이는 점점 커가면서 자신만의 세계로 들어가려고 합니다. 반면에 부모는 점점 더 자녀와 함께 보내려고 하지요. 아이가 어릴 때에는 따라다니는 게 귀찮을 정도지만 아이가 커가면서 오히려 그때가 그리울 정도가 되는 것입니다.

"행복한 가정은 모두 엇비슷하고 불행한 가정은 불행한 이유가 제
각기 다르다."

톨스토이는 《안나 카레니나》의 첫 문장에서 행복한 가정과 불행

한 가정의 모습을 이렇게 묘사했습니다. 행복한 가정은 부부 간, 부모와 자녀 간에 서로 배려하고 이끌어줍니다. 무엇보다 화목하지요. 사회적인 덕목을 가정에서 배우고 익힌 사람은 그렇지 않은 사람과 차이가 날 수밖에 없을 것입니다. 이러한 덕목은 가정에서 배우는 것입니다. 가정에서 배려할 줄 알고 신뢰받는 사람은 사회에 나가서도 대접받게 마련입니다.

이와 달리 부모와 자녀 간의 관계가 좋지 않은 가정의 분위기는 한마디로 냉랭합니다. 모처럼 만나 나누는 이야기와 화제도 서로 어긋나기 일쑤지요. 자기주장만 앞세우고 서로에 대한 관심도 사랑도 보이지 않습니다. 자녀는 늘 용돈이나 챙기려 들고 심지어 집안사정이 좋지 않으면 되레 부모를 원망하기도 합니다. 그런 가정에서는 사회가 필요로 하는 인재가 나오기 어렵겠지요.

요즘처럼 청소년들이 학원에 다니는 게 필수가 된 상황에서는 부모와 자녀가 함께 시간을 보내는 것조차 힘든 실정입니다. 행복한 가정과 불행한 가정은 어쩌면 가족이 서로 함께 보내는 시간에 따라 결정될 수 있다는 생각마저 듭니다. 직장인들이 사회적으로 성공한다 해도 가정에 소홀했다면 결과적으로는 자신의 삶이 실패로 귀착될 수 있습니다. 아버지 혼자만 사회적으로 성공한다면 그게 무슨 소용이 있을까요. 가족들과 불화한 채 쓸쓸하게 살아갈 수밖에 없을 것입니다.

따지고 보면 자녀와 지낼 수 있는 시간은 그리 길지 않습니다. 아무리 길어야 10년을 넘기기 힘들 것입니다. 대학에 들어가는 20대 이후에도 자녀와 함께 일주일에 하루쯤, 아니 한 달에 하루만이라도 함께 보낸다면 그것만으로도 자녀교육에 성공한 것이라고 할 수 있을 것입니다. 문화는 누가 만들어주는 것이 아닙니다. 패밀리데이가 가족의 문화로 뿌리내리려면 구성원이 서로 힘을 합쳐 만들어가야 하는 것입니다.

어쩌면 살아가면서 가장 크게 남는 장사는 자녀와 함께 많은 시간을 보내는 것이 아닐까 싶습니다. 물론 자녀는 커갈수록 집을 떠나 있는 시간이 더 많을 것입니다. 그때 부모에게는 아이와 함께 지낸 날들이 소중한 기억으로 자리매김해 있을 것입니다. 그 추억이라도 없다면 어쩌면 사막 같은 삶이 되지 않을까요. 아이와 함께 보내는 시간이 많으면 많을수록 더욱 이윤을 많이 남기는 인생의 장사를 했다고 말할 수 있을 것입니다.

칼 비테가 쓴 《칼 비테의 자녀교육》이란 책을 보니까 이런 내용이 있습니다.

젊은 부부가 있었다. 그들은 아이를 낳은 뒤에 기념으로 해외여행을 떠났고 아이는 친척집에 맡겨졌다. 하지만 이 친척은 바쁘다는 이유로 아이를 돌보지 않고 집사에게 떠넘겼다. 부부는 아이가 크면 놀 시간이 없을 테니 어릴 때 밖에서 많이 뛰어놀게 해달라는 부탁을 남겨놓은 채 영국에 일 년간 체류했다가 다시 프랑스에서 일 년간 머무르고 또다시 미국과 아프리카로 떠나는 등 거의 전 세계를 유람했다. 그 사이 5년이 흘렀다. 아이가 태어나는 순간부터 자녀교육이 시작된다. 여행에서 돌아온 그들은 눈앞에서 펼쳐진 광경에 얼이 빠지고 말았다. 아이가 부모를 몰라본 것이다. 다섯 살이나 되도록 친부모 얼굴 한번 못 보고 자란 아이가 부모 얼굴을 알아보지 못하는 것은 어쩌면 당연하다. 그날 저녁 아이는 부모와 안 자고 한사코 집사와 함께 자겠다고 고집을 피웠다. "우린 네 친부모야"라고 말해도 소용없었다. 아이는 부모의 무서운 모습을 보고 집사의 집으로 도망쳤다. 부부는 집사를 불러 "도대체 어떻게 가르쳤기에 애가 친부모를 몰라보는 거냐"고 분풀이를 했다. 그러자 아이가 "아줌마에게 그런 식으로 말하지 마세요"라고 노려봤다. 그날부터 아이는 잠잘 때마다 집사아줌마 이름을 불렀다. 그러다 열 살 때부터 밥 먹듯이 가출하기 시작했다.

정말 충격적인 내용이지요. 그래서 여행은 자녀가 어릴 때에는 반드시 가족과 가는 게 순리겠죠. 어릴 때 가족과 여행을 함께하는 이른바 '가족문화'를 세워놓으면 아이는 자라서도 여행은 가족끼리 가지 않을까요. 일요일에 '패밀리데이'를 만들어 가족과 보낸다면 아이는 커서도 일요일에는 가능한 가족과 보내려고 할 것입니다. 우리 집의 패밀리데이는 아들이 6학년 때부터 방학 때마다 도보여행으로 이어졌습니다.

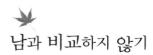

남과 비교하지 않기

"사람들이 돈에 탐닉하면 그 순간부터 더욱 가난해지고 더욱 필사
적이 된다."

이는 칼 마르크스가 한 말입니다. 돈에 대한 사람들의 관심과 욕
망이 커질수록 더욱더 돈에 집착하게 되고 상대적으로 궁핍함을 더
느끼게 된다는 의미지요. 마르크스의 표현을 따르지 않더라도 이는
일상 경험에서 느낄 수 있습니다.

미디어가 일상생활 구석구석까지 침투하면서 어느새 비교할 대
상이 많아졌습니다. TV를 보면 늘 돈이 많은 부유한 사람들만 주목
의 대상이 됩니다. 드라마도 재벌 자녀에 대한 이야기로 넘쳐나지
요. 드라마의 주인공들은 대부분 외제차를 타고, 명품 핸드백을 휴대
하고, 고급 브랜드의 옷을 입고 다닙니다. 그런데 문득 현실 속 자신
의 일상을 들여다보면 초라하기 그지없지요. 상대적인 빈곤감으로

몸을 떨게 됩니다.

요즘은 그야말로 미디어가 일상을 지배하는 시대에 살고 있습니다. 미디어가 잠자고 있는 욕망을 불러일으켜 소비를 조장하지요. 그 소비에 따라가지 못하는 이들은 상대적으로 소외를 느낄 수밖에 없습니다. 이른바 다른 사람과는 다른 '차이의 소비'를 추구하도록 부채질합니다.

소비와 마찬가지로 자녀교육도 별반 다르지 않습니다. 부모가 다른 아이들과 비교하며 자녀의 성적에 집착하는 한 성적지상주의자가 되고 더욱 필사적으로 성적에 매달리게 됩니다. 아이의 모든 것이 성적으로 평가됩니다. 아이는 점점 엄마의 '터치보이'가 되어가고 초등학생 때부터 '성적피로증후군'에 시달리게 되지요. 우리 시대의 엄마들이라면 돈과 자녀로 고민하지 않는 이가 없을 것입니다. 그런데 그 둘의 공통점은 집착하면 할수록 더 멀어진다는 사실입니다. 집착하면 더욱 자신을 옭아매게 되고 그럴수록 초라해진다는 사실입니다.

그렇다면 어떻게 해야 할까요? 그것은 의외로 간단하고 단순합니다. 비교를 하지 않는 것입니다. 먼저 돈의 경우 불행은 다른 사람과의 비교에서 시작됩니다.

예컨대 TV에서 주식투자로 대박을 터뜨린 투자자에 대한 뉴스를 들으면 왜 자신은 주식에 관심을 갖지 않았는지를 생각하고 불행하다고 생각합니다. 아파트에 대해서도 그렇습니다. 강남에 살지 않는 자신을 생각하면 그때부터 왜소하다는 생각이 듭니다.

자녀에 대해서도 마찬가지입니다. 누구 아이는 특목고에 진학하고 누구 아이는 민사고에 들어가서 미국의 아이비리그 몇 개 대학에 합격했다는 등의 소식을 접하게 됩니다. 이때 우리 아이를 뉴스의 주인공과 비교하지 않아야 합니다. 각자 처한 상황이 다르기 때문이지요. 비교하는 순간 아이를 대하는 엄마의 눈빛은 달라지게 됩니다. '왜 내 아이는 TV에 나오는 저 아이처럼 되지 못할까' 생각하고 그 주인공처럼 만들고 말겠다는 욕망이 생기는 것이지요. 그렇게 되면 엄마도 아이도 성적강박증에 시달리게 됩니다. 엄마가 성적을 소리 높여 외칠수록 아이는 성적의 노예가 되고 맙니다. 물론 용케 잘 견뎌주는 아이도 있지만 지극히 드물지요.

엄마가 자녀에게 하지 말아야 할 것 중에 가장 먼저 꼽으라면 바로 다른 집 자녀와 비교하지 않기라고 할 수 있습니다. 이것만 하지 않아도 자녀는 훗날 큰 인물이 되어 어머니를 기쁘게 해드릴 것이라고 확신합니다.

성공한 사람들을 보면 한결같이 공통적인 게 있습니다. 바로 다른 사람과 비교하지 않고 자신에게 주어진 능력과 소양을 계발해 거기에 집중한 것입니다. 자신을 믿고 묵묵히 자신의 길로 나아갑니다. 그러다 보면 언젠가는 전문가가 되어 있고 성공신화의 주인공이 되어 있습니다. 화려한 스포트라이트는 다른 사람과의 비교에서 얻는 게 아니라 자신을 믿고 자신의 길을 가는 자에게 비춰지는 것이지요. 자신을 믿으면 더 근사한 자신을 만날 수 있답니다.

자녀를 다른 아이와 비교하지 않기. 부모가 이것만 잘 실천해도 아이는 기죽지 않고 당당하게 자신의 소질을 발휘해서 자기 자신만의 행복한 인생을 살 수 있다고 확신합니다.

제 아들은 성적보다 더 중요한 덕목에서 경쟁력이 있는 아이랍니다. 아들은 어린시절부터 인사성이 밝았습니다. 아파트 경비아저씨들이 하루 수십 번을 봐도 그때마다 인사를 꼬박꼬박 한다고 칭찬할 정도였으니까요. 일부러 경비실에 목을 쭉 빼고 "안녕하세요!" 하는 바람에 오히려 경비아저씨가 인사 받느라 혼쭐이 날 정도였죠.

옛말에 아이가 태어나 집안을 흥하게 한다는 말이 있는데, 요즘 우리 부부는 우리 아들이 그런 아들이 아닐까, 덕담을 나누기도 했습니다. 그래서 공부를 좀 못해도 용서를 하고 있습니다. 아들의 또 다른 장점은 늘 쾌활하다는 겁니다. 어디서나 껄껄껄 웃고 붙임성이 좋아 친구들을 아주 쉽게 사귀는 능력이 좋습니다.

아들은 초등학교 4학년 여름방학 때 흥사단 국토순례캠프를 다녀온 적이 있습니다. 국토순례를 보낼 때 참 걱정을 많이 했습니다. 당시에 아직 장마가 끝나지 않았거든요. 600여 명이 신청했는데 대부분 포기하고 100여 명 정도 참가를 했습니다. 아들은 장맛비가 오는 와중에도 100㎞ 가량을 걷고 무사히 캠프를 마치고 왔습니다. 다녀와서 아들이 티셔츠를 하나 내놓았는데, 거기에는 참가한 아이들과 인솔 교사들이 주고받은 덕담이 적혀 있었습니다. 우리 아이가 누구보다도 적극적으로 참여를 했고 항상 붙임성 있게 친구들을 사귀었을 뿐만 아니라 인사성이 밝아 귀여움을 받았다는 것이었습니다. 또 어디에 내놓아도 제 밥벌이는 할 아이라는 문구도 있었습니다. 저는 이 문구가 제일 마음에 들었습니다. 이게 어쩌면 공부를 잘하는 것 못지않게 중요한 덕목이 아닐까 생각했습니다.

경쟁사회가 가속화할수록 인간적 경쟁력이 더욱 중요해질 것이라고 확신합니다. 이전에는 공부만 잘해도 됐지만 지금은 공부만 잘해선 2%가 부족하다고 할 수 있겠죠. 오히려 요즘 아이들에게 모자라는 인간적인 덕목이 우리 아이들이 주역이 되는 10년 내지 20년 후에는 중요한 미덕이 되리라 생각합니다. 정말 요즘 아이들은 공부에만 매달리다보니 나중에 어떻게 사회생활을 할 수 있을지 걱정되는 부분이 많잖아요.

회사에 들어가면 명문대를 나왔는지 여부보다 더 중요한 것이 바로 '인간적인 매력'이라는 차별성을 누가 더 많이 소유하고 있느냐가 회사 생활에 결정적인 역할을 한다고 생각합니다. 즉 중요한 것은 인간적인 경쟁력이라고 생각합니다. 예컨대, 하나의 지시를 내렸다고 할 때 어떤 사람은 곧 바로 이행을 해서 결과를 보고합니다. 이런 적극적인 사람은 대개 긍정적인 결과를 보고합니다. 붙임성이 있고 사교적이고 긍정적 사고 성향을 지니고 있습니다. 한두 번 이런 반응을 보이면 신뢰관계가 형성됩니다. 상사의 입장에서는 이런 후배에게 눈길이 가기 마련이고 한 마디라도 따뜻한 조언을 해줍니다.

반면에 어떤 사람은 꿀 먹은 벙어리와 같은 태도를 보입니다. 지시를 내려도 반응이 없습니다. 하루를 기다려 봐도 마찬가지입니다. 인내심에 한계를 느낀 상사가 참다못해 "그거 어떻게 되었습니까?"라고 물었을 때 반응은 더 실망스럽기 일쑤입니다. 알아보지도 않았다거나 알아보았지만 별 거 아닌 것 같아서 말을 안 했다는 투죠. 이런 식으로 반응을 하면 참 곤란합니다. 훌륭한 능력을 갖고 있어도 조직 속에서 처신을 제대로 못하면 그 능력은 무용지물이기 십상입니다.

그래서 저는 아들에게 강조합니다. "협동심, 책임감, 배려, 인내심을 키워야 한단다. 이게 미래사회에서 개인의 경쟁력을 좌우하게 될 것이다"라고요. 그 이유는 요즘 아이들에게 가장 부족한 게 바로 이러한 덕목이기 때문입니다. 이러한 덕목을 습관화하여 생활하는 사람과 그렇지 못한 사람은 천양지차를 드러낼 것이라고 생각합니다.

저는 아들이 초등학생 때부터 공부도 중요하지만 이런 덕목을 더 배우고 익히도록 강조해 왔습니다. 실제 우리 주변에서도 공부를 잘한 사람보다 이런 덕목에서 능력을 보이는 사람이 사회적으로 성공하는 경우가 더 많습니다. 아들이 사회인이 되어서 이런 덕목에서 최고의 강점을 보인다면, 아마도 공부만 잘하고 인격적으로 문제가 있는 사람보다 더 성공적인 삶을 살며 가정을 이끌 수 있을 거라고 확신합니다. 그 시작은, 쉽지 않겠지만 아이를 다른 아이와 비교하지 않기에서 시작하는 것이겠지요.

우리 주변에는 명문대를 나오고도 인성이 결여된 인재들을 가끔 볼 수 있습니다. 영화 〈공공의 적〉에 나오는 주인공도 그런 인재입니다. 영화에는 이런 장면이 있습니다. 아버지가 사회복지법인에 기부하기 위해 돈을 사용해야 한다고 말하자 아들(이성재 분)이 아버지에게 악다구니를 하며 "사회환원 좋아하네……" 라고 빈정대는 장면입니다.

자녀교육의 모든 것은 이 한 장면에 압축돼 있다는 생각을 해봅니다. 자녀교육의 핵심 가운데 하나는 '돈에 대한 세대 간의 철학공유'에 있다고 생각합니다. 아무리 부자여도, 아무리 박사학위를 받아도, 또 아무리 사회적 지위가 높아도 부모와 자녀 간에 돈에 대한 의견일치가 되지 않으면 그들의 부는 사상누각이 될 것입니다. 영화 속 아들과 같은 자녀들에게 부모의 재산은 무엇일까요. 아마도 부모의 돈을 자신들의 돈으로 여기는 것 같습니다. 요즘 우리 주변에도 이런 자녀들이 많은 것 같아요. 부모와 자녀 관계가 마치 돈으로 맺어져 있는 것처럼 씁쓸한 생각이 들곤 합니다.

최근 주변에서 돈(상속)을 둘러싸고 분란에 휩싸이는 가족을 자주 보았습니다. 흔한 일이지만 제가 연관 있는 가정이어서 더 가슴이 아픕니다. 그리고 보면 재산이 없는 집안보다 재산이 많은 집안이 더 문제가 많은가 봅니다. 재산 많은 집안이 형제간에 분란도 많고 행복하지도 않은 것 같습니다. 꼭 그렇지만은 않겠지만 돈 많은 아버지가 살아계실 때는 돈으로 인해 자녀들은 건실하게 살아가지 못하고 아버지 사후에는 상속을 둘러싸고 가족 간 분란에 휩싸이기도 쉽습니다.

제가 존경하는 인물인 다산 정약용은 "죽은 후 꽃다운 이름을 천년 뒤까지 남길 수 있다"고 했습니다. 그 방법은 바로 재물을 아름답게 베푸는 것이라고 했지요.

"형태가 있는 것은 없어지기 쉽지만 형태가 없는 것은 없어지기 어렵기 때문이다. 스스로 자기 재물을 사용해버리는 것은 형태를 사용하는 것이고 재물을 남에게 나누어주는 것은 정신적으로 사용하는 것이 된다. 재화를 비밀리에 숨겨두는 방법으로 남에게 시혜하는 방법보다 더 좋은 게 없다. 그리하여 자기가 죽은 후 꽃다운 이름을 천년 뒤까지 남길 수 있다. 꽉 쥐면 쥘수록 더욱 미끄러운 게 재물이니 재물이야말로 메기 같은 물고기라고나 할까. 밤 한 톨을 주웠는데 다른 사람이 빼앗아가자 우는 어린애의 울음소리를 산책을 하다 듣는다."

이 글을 읽다 저도 꽃다운 이름을 남겨야겠다고 다짐했습니다. 부자처럼 많은 재물이 없으니 저술을 남겨 자녀에게 정신적 유산으로 물려주어야겠습니다. 저는 아들에게 이런 말을 가끔 하곤 합니다.

"우리 집 금고에는 귀중품이 많은데 그것은 금이나 돈이 아니란다. 그것은 엄마아빠가 어릴 때부터 네게 쓴 편지들과 아빠가 쓴 책들과 그 계약서란다. 이는 그 어떤 유산보다 값진 것이니 너도 훗날 네 자식들에게 편지를 쓰고, 또 책도 써서 물려주면 좋겠구나!"

과유불급, 대문호 괴테도 실패한 부모 노릇

예전 시골에 살 때 자신의 아이가 다른 아이에게 맞아 코피라도 흘리고 오면 이를 못 참고 아이를 앞세워 때린 아이 집으로 달려가 온갖 폭언과 위협을 하던 부모가 있었습니다. 물론 요즘에도 여전히 그런 부류의 부모는 있지요. 한때 모 재벌회장의 행태가 이런 장삼이사의 처신과 닮아 구설수에 올랐습니다. 그 아들은 미국 명문대를 나왔다지요. 그 회장의 처신은 마치 이전 과잉보호를 일삼던 부모의 행각을 보는 듯합니다.

폴크마르 브라운베렌스의 《위대한 아버지와 아들의 초상》에는 이런 구절이 소개돼 있습니다.

"아주 끈질긴 전설에 따르면 요한 볼프강 폰 괴테의 아들 아우구스트는 일평생 시를 단 한 줄 썼다고 한다. 로마에서 쓴 것으로 '여기 카피톨리노 언덕에 올라보니 무슨 말을 해야 할지 모르겠네'라는

51

시구라고 한다."

이 글의 의도는 문학적 재능이 서툰 괴테의 아들을 아버지의 천재성에 대비시키려는 것이지요. 후세 사람들이 다소 악의적으로 과장해서 그랬을 수도 있겠지만 괴테 아들에게는 아버지의 그늘이 그만큼 넓고도 깊었던 것이 분명합니다.

괴테는 38살에 이탈리아 여행을 떠나 2년 만에 귀국해 크리스티아네 불피우스와 동거에 들어가 41살에 아들 아우구스트를 얻었습니다. 괴테는 아들의 학습, 대학 진학, 취직, 여행, 군 입대 문제까지 직접 챙겼지요. 심지어 전쟁 기간에는 상부에 청탁해 아들을 전투에서 빼돌리고 대신 후방에서 군수품을 공급하는 일을 맡도록 했다고 하지요.

늦게 외아들을 얻은 괴테는 아우구스트를 과잉보호 했는데 그의 부성애에도 불구하고 아들은 알코올중독으로 병들고 시들어갔습니다. 그런 아들의 재탄생을 위해 아버지는 아들에게 이탈리아 여행을 권했지요. 아버지의 《이탈리아 기행》과 다른 작품들을 길잡이 삼아 아들은 도착지마다 아버지에게 편지를 쓰면서 충실하게 이탈리아를 여행했습니다. 그리고 로마에 도착하고서 그만 알코올중독의 후유증으로 41살에 죽고 맙니다. 동서고금을 막론하고 스스로 성공한 인물이 자녀를 위해서도 균형 잡힌 아버지가 되기가 얼마나 어려운 일인지, 살아서 이미 당대의 현자로 알려졌던 괴테의 예에서도 분명하게 볼 수 있습니다.

괴테 가문은 손자 발터 볼프강으로 이어졌지만 결국 손자 대에 이르러 가문을 닫아야 했습니다. 괴테는 대문호였지만 아마도 가문을 관리하는 CEO로서의 역할이나 자녀교육에는 천재성을 발휘하지 못했다고 할 수 있지 않을까요.

모 재벌회장이나 괴테의 경우는 이른바 '과유불급(過猶不及)'의 사례에 해당하지 않을까요. 지나친 강요나 기대는 자칫 자녀를 망가뜨릴 수 있기 때문입니다. 오늘을 사는 우리는 자녀를 어떻게 가르치며 또 어떤 자세로 살아가는가, 한번쯤 이런 사색에 잠겨보는 것은 어떨까요.

저는 요즘 자녀교육 책을 쓰면서 부모교육을 새삼 절감합니다. 그리고 부모의 자화상은 믿기 어려울 정도로 그 자녀에게로 전이되는 것을 알 수 있었습니다.

최근《주역》(서대원, 이른아침, 2004)을 읽고 있는데 '고(蠱)·존경받지 못하는 부자들에게-홀로 즐기는 부귀영화의 뒤안길'이라는 단락에서 그 풀이에 놀랐습니다. 주역의 풀이는 천지만물을 대부분 흉(凶)과 길(吉)로 나눠 설명하고 있는데, 고는 흉에 해당하는 교훈입니다. 큰돈을 벌었지만 사회에 유익하지 않은 인물, 권력을 가졌지만 사회를 위해 큰일을 하지 못하는 인물이 고의 유형이라고 합니다.

돈과 권력을 가졌으되 결코 존경받지 못한다면 그것은 사회적으로 불행입니다.

그런데 주역에서 이런 말을 하더군요. 고의 탐욕을 일삼는 인간의 경우 그 아들이 그 탐욕을 경계하여 나누고 베푸는 삶을 살아간다면 그 아들로 인해 흉이 길로 바뀔 수 있다고 강조합니다. 그러나 그 아버지에 그 아들이라는 말이 있듯이 고의 아버지 밑에서 사회를 위해 유익한 일을 하는 아들이 나오기 힘듭니다. 심하게 말하자면 보고 배운 게 그것밖에 없다고 할까요.

그래서 다시 퇴계 이황의 일화가 생각납니다. 퇴계의 맏손자인 안도가 아들을 낳고 젖이 모자랐다고 합니다. 할아버지에게 부탁해 유모를 보내달라고 했지만 퇴계는 일언지하에 거절했습니다. 이를 묘사해 놓은 대목이 있습니다.

"퇴계가 증손자를 보았을 때의 일이다. 장손인 안도(安道)는 성균관 유학생활 중에 아들 창양을 얻었다. 장손이 첫 아들을 낳았으니 얼마나 기뻤겠는가? 그러나 좋은 일이 있으면 나쁜 일이 뒤따르는 법. 증손자 창양이 태어난 지 6개월 만에 아기 엄마가 또 다시 임신을 하게 되었다. 임신한 것이 문제가 아니라 임신으로 젖이 끊어진 것이 문제가 되었다. 요즘 같으면 우유가 있으니 걱정할 일도 아니지만 당시에는 밥물로 젖을 대신해야 하는데 그것으로 충분할 리가

나에게 돌아오는 시간

없었다. 손자는 할아버지에게 유모를 부탁했다. 하지만 그 유모에게도 젖을 먹는 아이가 있었다. 이에 퇴계는 '내 자식을 키우기 위해 남의 자식을 죽일 수는 없다'고 하여 여종을 보내지 않았다. 별수 없이 증손자 창양은 계속 밥물로 배고픔을 달래면서 겨울을 넘기고 봄을 어렵게 넘겼으나 결국 죽고 말았다."

　너무 냉정한 할아버지라고 생각할 수 있을 것입니다. 하지만 퇴계의 후손 사랑은 지극했습니다. 생전 그는 사돈의 팔촌의 자녀까지 모두 90여 명의 후손들에게 할아버지 역할을 했습니다. 〈안도에게 보낸다〉는 그 유명한 편지가 지금도 읽혀지고 있습니다. 아들을 귀히 여기던 시대에 집안에 더구나 자신의 대를 이을 증손자인데, 퇴계는 거절했습니다. 지금 퇴계의 후손들은 우리나라 가문 가운데 가장 번성한 가문으로 일가를 이루고 지속적으로 인물을 배출해오고 있습니다.

　부모노릇을 다시 생각해 보았습니다. 저는 아이에게 좀 엄한 편입니다. 아버지는 아들에게 '엄격함'과 '부드러움'을 겸해야 하는데 아직은 그 수준까지 이르지 못해 늘 반성하고 있습니다. 저는 부모 강연 중에 "엄격함 51 대 자애로움 49"라는 말을 자주 하곤 합니다. 《주역》에도 자녀를 살갑게 키우기보다 엄격하게 키우라고 강조했는데, 너무 엄격하게 대하다보면 부자유친의 정도에 금이 가기 때문에 다만 '2%포인트'의 차이를 두고 엄격함에 방점을 찍으라고 말해 줍니다. '2%포인트'는 제대로 부모노릇을 하게 만드는 매직넘버라 고 할 수 있지 않을까요.

부모가 자녀들에게 모범을 보이기 위해 먼저 독서를 실천하고 있는 사례를 인터뷰한 적이 있습니다. 그때 저는 그만 깜짝 놀라고 말 았습니다. 그 부모는 무려 육남매의 자녀교육을 위해 솔선하여 독서를 하고 있었습니다. 아이에게 책을 읽게 하려면 자신이 무식하면 안 된다면서, 금요일 새벽 5시부터 3시간 동안 별보기 독서운동을 실천하기 시작했답니다. 그 결과 2년 만에 자녀들을 독서광으로 만 들었습니다. 부모 노릇을 다시 한번 생각해봅니다. 부모의 본보기 교육의 힘을 다시 생각해봅니다.

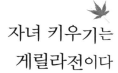

자녀 키우기는
게릴라전이다

문득 "자녀를 키우는 것은 즐거운 일이기도 하고 게릴라전 같기도 하다"라던 에드 애스너(미국 영화배우)가 한 말이 떠오릅니다.

우리나라 중고생들은 시험으로 긴장의 나날을 보내고 있습니다. 저는 아들이 중학생이 되었을 때 당시 살던 집 부근에서 이용할 수 있는 공공도서관을 알아본 적이 있습니다. 당시 저는 서울 강서구 가양동에 살고 있었는데 예상 외로 구립 공공도서관이 턱없이 부족한 실정임을 알게 되었습니다. 답답한 마음에 구청에 전화를 했더니 담당자는 "다른 자치구도 도서관이 대부분 한 곳입니다"라고 퉁명스럽게 대꾸했습니다.

전에 살던 일산에는 공공도서관이 6개나 있어 도서관 이용에 그리 불편이 없었지요. "그래, 차라리 일산 도서관으로 가자." 급기야 아들을 데리고 '도서관 원정길'에 올랐습니다.

"아빠, 우리가 살고 있는 가양동은 아파트만 있는 시골 같은 서울이에요!"

도서관으로 가다 아들이 이렇게 말했습니다. 듣고 보니 절묘한 비유였지만 왠지 미안한 생각이 들었지요. 도서관이 없는 동네는 책이 없는 집과 다를 바 없습니다. 비약하자면 그곳은 문명의 오지가 아닐까요.

아들은 당시 중학교에 진학해 처음 맞는 중간고사라서 몹시 긴장하고 있었던 것 같습니다. 게다가 아들은 한문시험을 망쳤고 사회시험도 좋은 성적을 내지 못했고 수학만 선방한 것 같다고 우울하게 말하는 것이었습니다. 갑자기 아내의 얼굴이 벌겋게 달아올랐습니다. 성적 때문에 아들이 엄마를 화나게 한 것이지요.

저는 아들이 공부를 잘해 명문대에 들어가는 것을 바라지만 그보다 친구들이나 교사에게 공부를 못 한다는 이유로 존재감에 상처를 입는 비하, 경멸, 수모의 말들을 듣지 않을까 그게 늘 걱정이었습니다. 우리나라만큼 성적순으로 사람을 평가하려 드는 나라도 드물기 때문이지요. 우리나라에서 살아가는 이상 그건 피할 수 없겠지요.

그런데 아들의 한문시험지를 보고 너무 어려워서 놀랐습니다. 문학박사인 나도 50점을 맞기가 쉽지 않았기 때문입니다. 과연 이런 문제를 중1 수준의 아이들이 알아야 하는가 하는 생각이 들었지요.

나에게 돌아오는 시간

교사는 무슨 생각으로 이렇게 어려운 문제를 출제했을까 하는 의문이 들었습니다. '동파문자(나시족 전통의 상형문자라고 한다)'를 묻는 문제가 나왔는데 처음 들어보는 말이었습니다. 이렇게 출제하니 학원이다 과외다 하지 않을 수 없겠지요. 사교육은 어쩌면 공교육이 조장하는 것이라는 생각마저 들었습니다.

아들의 중학교 첫 성적표를 받아보니 기대가 실망으로 바뀌어 저는 그만 흥분하고 말았지요. 급기야 아들에게 거실에 앉아 손을 들고 있으라는 벌을 주었습니다. 아들은 눈물을 흘리면서 안간힘을 쓰며 벌을 섰습니다. 제 마음도 아들의 신음소리에 비례해서 아파왔습니다.

이때 며칠 전에 읽은, 이문건의 《양아록》을 바탕으로 하여 소설로 재구성한 《선비의 육아일기를 읽다》라는 책이 생각났습니다. 이문건은 고려 말에 '이화에 월백하고 은한이 삼경인제……'라는 다정가를 쓴 이조년의 8세손이라고 합니다. 이문건은 사화에 연루되어 집안이 쑥대밭이 되었고 23년간 유배생활을 하다 유배지인 성주에서 죽었습니다. 형들도 사약을 마시고 죽었습니다. 《양아록》은 유배지 성주에서 손자를 키우면서 쓴 내용이지요.

그 아들은 놀기를 좋아하고 공부를 안 했다고 합니다. 평생 수양을 한 선비 이문건도 아들이 공부를 하지 않자 얼굴을 때려 코피를 냈다지요. 그 아들은 어릴 때 열병에 걸려 풍을 앓아 평생 몸이 성치 않았고 결국 아들을 남기고 요절했습니다. 애지중지한 손자도 공부를 하지 않고 놀기를 좋아했습니다. 한번 그네를 타면 하루 종일 타서 급기야 그네 줄을 끊기도 했답니다. 타일러도 공부를 등한시하자 결국 말채찍으로 손자의 엉덩이와 종아리를 30대나 때리기도 했다나요. 또 화가 나서 지팡이로 사정없이 때리기도 했습니다. 그러고 나서 자신의 난폭함을 반성하며 일기를 썼습니다. 그게 《양아록》입니다.

할아버지는 손자에게는 매를 잘 들지 않는 법인데 손자가 어지간히 애를 먹인 것 같아요. 이렇듯 수양을 쌓고 쌓은 선비들도 자식 앞에서는 화를 주체하지 못해서 매를 들었고, 매를 들고 나서는 그 자신도 울었습니다.

이 책을 보면서 나 자신을 반추해 보았습니다. 나 역시 아들을 노려보고, 화가 나면 심한 말을 할 때가 있었기 때문입니다. 그리고 돌아서서 반성을 하고 마음 아파했지요. 지금까지 아들에게 딱 두세 번 정도 매를 든 적이 있습니다만 열살 이후에는 매를 들지 않았습니다.

아이는 언제쯤에나 부모의 마음을 알아줄까요……. 나 또한 어린 시절을 보냈지만 부모의 마음을 아는 나이가 되면 그때는 이미 부모는 세상에 살아계시지 않을 때가 아닌가 싶습니다.

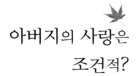

아버지의 사랑은
조건적?

하버드 의대 교수인 조지 베일런트는 그의 저서 《행복의 조건》에
서 47세 즈음까지 형성된 인간관계는 이후의 인생을 예견하는 데 중
요한 지표가 된다고 말합니다. 특히나 형제자매 간의 우애가 인생에
서 더 큰 영향력을 끼친다고 강조합니다. 65세까지 충만한 삶을 산
사람들 대부분은 어린시절 형제자매들과의 관계가 친밀했다고 주
장하고 있습니다. 사회적인 인간관계도 중요하지만 더 주효한 요소
로 형제자매 간의 인간관계를 언급한 것이 눈길을 끕니다.

"행복하고 건강하게 나이 들어갈지를 결정짓는 것은 지적인 뛰어남
이나 계급이 아니라 사회적 인간관계다. 행복의 조건에 따뜻한 인간
관계는 필수. 부모, 친척, 친구, 스승 등과의 인간관계가 중요하다."

그런데 눈길을 확 끄는 대목이 또 있습니다.

"오래된 친구를 잃더라도 젊은 친구들을 사귀는 법을 배워라. 그러면 수입을 늘리는 것보다 한층 더 즐겁게 살 수 있다."

오래된 친구나 금전적 이득을 포기하고서라도 젊음과 어울리라는 말인데 세대의 벽을 뛰어넘어 젊은이들과 함께 호흡하기란 그리 쉬운 일은 아닙니다. 그래서 금전적 이득보다 더한 이득을 준다고 했겠지요.

조지 베일런트는 '긍정적 노화'를 "사랑하고 일하며 어제까지 알지 못했던 사실을 배우고, 사랑하는 이들과 함께 남은 시간을 소중하게 보내는 것"이라고 말합니다. 쉬운 것 같지만 인생에서 참 쉬운 것 같은 일들이 따지고 보면 가장 어렵습니다. 참, 베일런트의 책에는 '음주'에 대한 경고가 전편에 흐르고 있습니다. 아주 유능한 인재도 음주로 파괴된다고 하죠.

자식을 생각하면 늘 미안한 마음뿐입니다. 때로는 괜한 일로 언성을 높이고 해서는 안 될 말도 했습니다. 저 역시 아이 앞에서는 욕심이 앞서고 부자관계를 서먹서먹하게 만들기도 했습니다. 반성하고 또 반성합니다. 그리고 보면 요즘 아버지들은 '지혜'가 참 부족합니다. 저 역시 그렇습니다. 아이의 행동이나 공부습관, 성적 등이 마음에 들지 않더라도 그냥 넘어가주는 게 더 효과적일 때가 있습니다. 지적하고 다그치고 호통을 치는 것보다 오히려 침묵이 더 강력한 메시지를 전하기도 합니다.

'무언의 항변'이라는 말은 말하지 않는 것이 더 시위의 효과를 나타낸다는 의미일 것입니다. 간섭을 하다보면 나도 모르는 사이에 말이 많은 아빠가 됩니다. 저도 부지불식간에 그런 아빠가 되고 말았습니다. 아이가 바르게 자라고 훌륭한 사람이 되라고 조언을 해주었는데 그게 아이에게는 지긋지긋한 잔소리가 된 것입니다. 저 잘되라고 한 말인데, 오히려 아빠만 못난 아비가 되곤 합니다. 억울할 수밖에 없지만 어쩌겠습니까. 그게 아버지의 자리입니다.

아버지는 하염없이 기다려야 합니다. 그러다 보면 그 아들도 어느새 성장해서 군대를 마치고 결혼을 해서 그 역시 가정을 꾸릴 것입니다. 가정을 꾸린 아들은 아이를 낳을 것이고 그 아이가 초등학생이 되고 중학생이 될 즈음이면 그 아들은 아버지의 마음이 되고 그제야 아버지를 이해할 수 있게 되겠지요. 그러나 그때는 대부분 아버지는 너무 힘이 빠져 있거나 이미 고인이 되었을 것입니다.

에리히 프롬은 아버지의 자녀 사랑은 무조건적인 엄마의 사랑과 달리 조건적인 사랑이라고 말합니다. 아버지의 사랑은 인류의 역사에 사유재산이 생겨나면서 그것을 물려줄 자식을 고르는 중에 자신이 원하는 조건에 부합하는 자식에게 재산을 대물림하며 점점 조건적인 사랑이 강화되었다고 분석합니다. 그 조건적인 사랑이 때로는 아버지의 삶도, 아들의 꿈꾸기도 힘들게 하는 것이 아닐까요.

> "부모의 바람은 자식이 글을 읽는 것이다. 어린아이가 글 읽으라는 말을 듣지 않고도 글을 읽으면, 부모치고 기뻐하고 즐거워하지 않는 자 없다. 아아! 그런데 나는 어찌 그리 읽기를 싫어했던고."

이는 연암 박지원의 뒤늦은 탄식입니다. 연암은 어린시절 '실학(失學)', 즉 배움의 기회를 놓쳤고 16살에 결혼한 후에야 장인에게 비로소 공부를 배웠다고 하지요. 잦은 병치레로 인해 몸이 허약해 할아버지가 공부하기를 강요하지 않았다고는 하나 스스로도 책 읽기를 좋아하지 않았던 듯합니다. 그러니 철이 든 연후에 이런 후회를 했던 것이지요. 하지만 책 읽기를 싫어했던 연암은 후일 조선 최고의 문장가가 되었습니다. 연암의 탄식을 보면 자녀가 책을 읽지 않는다고 너무 나무랄 필요가 없는 것 같지요?

> "벼슬살이 10여 년에 좋은 책 하나를 잃어버리고 말았구나."

연암은 나이 쉰에 종9품의 벼슬살이를 시작했는데, 10여 년 만에 눈이 너무 어두워져서 글을 잘 볼 수 없게 되자 이렇게 탄식했다고 연암의 차남(장남은 형님에게 양자로 보냄) 박종채는 《과정록》에서 전하고 있습니다. 연암은 14년 동안 공직생활을 했고 물러난 지 4년 후에 세상을 뜨고 말았습니다. 만약에 그가 가난으로 인해 관직에 나아가지 않았다면, 그래서 평생 실학 연구에만 전념할 수 있었다면 더 풍성한 저술들을 남기지 않았을까요.

하나를 얻으면 반드시 다른 하나를 잃게 된다는 것, 이것이야말로 세상의 법칙이라는 생각을 해봅니다. 저는 아들을 키우면서 아들에게 가끔 서운할 때나 혹은 저 자신의 일이 잘 안 풀릴 때에는 연암의 인생행로에 대해 생각해보곤 합니다.

제3장

아들과 떠나는
둘만의 여행

아들아 고마워

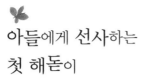

아들에게 선사하는
첫 해돋이

"Jack a dull boy. 공부만 하고 놀지 않으면 바보가 된다."

아이에게 자주 하는 말입니다. 주변을 보니 공부만 잘한다고 인생이 잘 풀리는 게 아닌 것을 봅니다. 그런데 지금도 대부분 부모들이 공부만 잘하면 성공한 인생을 담보한다는 생각을 가지고 있는 것 같습니다. 호모 루덴스! 요한 호이징하의 '놀이하는 인간'이라는 이 말의 의미에서 보듯이 가정도 사회도 놀이문화를 발전시켜야 더 행복한 삶을 영위할 수 있다고 할 것입니다.

아들이 초등학교 5학년이던 2월 중순으로 기억됩니다. 주말을 이용해 온가족이 무박2일 주말 기차여행을 다녀왔습니다. 겨울이 끝나기 전에 우리 가족만의 추억 만들기에 나섰습니다. 서울역에서 정동진까지 밤기차를 타고 새벽 6시30분에 도착했습니다. 처음 해본 밤기차 여행이어서 저를 비롯해 아내나 아들 모두 피곤해 보였습니다. 그런데 아들녀석이 여행을 떠날 때부터 시무룩한 표정이더니 도착해서도 뭔가 안 좋아 보였습니다. 해돋이를 보기 전에 순두부로 아침을 먹었는데 아내는 아이에게 꾸역꾸역 밥 한 공기를 다 먹게 했습니다. 그러고는 정동진 해변으로 갔는데, 급기야 아들은 음식물을 모두 토해내고 말았습니다. 그제야 비로소 아이 얼굴에 화색이 살아나기 시작했습니다. 내내 표정이 안 좋았던 게 체기(滯氣) 때문이었습니다.

아내와 아이와 함께 해 돋는 장관을 구경했습니다. 아이는 아마 난생 처음 보는 해돋이였을 테고 저도 정말 오랜만에 동해에서 떠오르는 태양을 보았습니다. 그 감동의 여운을 안고서 관광버스를 타고 정선으로 향했습니다. 고도가 높아서인지 재를 넘어서자 아직도 녹지 않은 잔설이 보였습니다. 정말 산골분위기가 그대로 났습니다. 어린시절 시골에서 맛보던 그 풍경이 펼쳐져 있었습니다.

그곳에서 레일바이크를 탔습니다. 7.2km 구간이었는데, 절로 신이 났습니다. 중간에 스냅 사진도 찍어주고 휴식도 취하면서 어묵도 먹었습니다. 산촌 주민들에게 어묵판매는 한겨울에도 소득을 올릴 수 있는 수입원이었습니다. 우리 가족은 덩달아 마음이 따뜻해졌습니다. 아이도 신이 났구요.

버스로 다시 이동하면서 아이에게 안경닦이 천을 달라고 했습니다. 여행 출발 전에 아이에게 휴대할 것을 일러둔 참이었습니다. 아빠도 너도 안경을 쓰는데 안경닦이를 꼭 챙겨야 한다고 말이지요.

그런데 아이는 주머니를 뒤적이더니 안경닦이가 없다는 것입니다. 저는 그만 화가 났습니다. 그렇잖아도 아이가 평소 아무 데나 소지품을 놔두는 편이어서 사소하지만 이런 잘못된 습관을 잡아보려고 하던 터였습니다. 출발 전 확인할 때에는 주머니에 있다고 하고선 이제 와서 없다는 것입니다.

저는 화가 난 나머지 아내에게 "쟤가 도대체 누굴 닮은 거냐"고 심한 말을 해버리고 말았습니다. 말을 뱉고서 이내 후회했습니다. 그런데 차에서 내려 아내가 아이의 주머니를 뒤적이니 안경닦이 천이 나왔습니다. 아이는 제가 갑자기 안경닦이 천을 달라고 하니까 좀 허둥댔던 것 같습니다. 이렇게 웃지 못할 에피소드가 여행길에서 벌어지고 말았습니다.

아빠로서 아이와 아내에게 한 언행에 대해 반성합니다. 작은 습관을 잡는다고 아이의 마음을 다치게 하지 않았는지, 아빠의 기준을 너무 아이에게 강요하는 것은 아닌지 말이지요. "아이에게 좋은 습관을 들이려고 할 경우에도 결코 화낸 얼굴로 말하지 말자! 그리고 아이에게 상처를 주는 심한 말을 결코 발설하지 말자!" 이렇게 다짐했습니다. 그냥 지나쳐도 될 일을 괜히 트집 잡은 것 같아 마음이 무거웠습니다. 제가 참 한심하지요?

자녀가 부모와 함께 하는 시간은 그리 길지 않습니다. 중고등학교에 진학하고 더욱이 고등학교를 졸업하면 그 이후에는 부모가 아이 얼굴 보기조차 점점 힘들어집니다. 저도 그랬으니까요. 저도 아들이 어릴 때에는 놀이동산에 1년 정기권을 구입해 거의 휴일마다 다니곤 했지요. 그러다 중고등학교에 들어가면서 놀이동산은 아예 발길을 끊고 말았습니다. 그때부터는 아이들이 부모와 노는 시간보다 또래와 노는 시간이 더 많아집니다. 어쩌면 부모나 자녀나 모두 그 짧은 시절의 추억을 가지고 평생 살아가는 것 같습니다. 그래도 우리의 유소년 시절이 늘 풍요로운 기억들로 차 있는 것은 아마도 호모 루덴스, 즉 유희적 인간답게 놀이 그 자체로 즐거운 나날을 보냈기 때문이 아닐는지……

초등학생이던 아들은 훌쩍 커서 대학생이 되었고 지난 9월 18일 군대에 갔습니다. 군대 간 아들 생각을 하면 코가 시큰거리고 이내 눈시울이 붉어집니다. 그런데 아들이 논산훈련소에서 보내온 첫 편지에 필요한 몇 가지 물품을 적어 보냈는데 그중 하나가 안경닦이였습니다. 그만 피식 웃음이 났습니다. 정동진 여행 때의 일이 생각났기 때문이지요. '이놈이 아직도 자기 물건을 제대로 챙기지 못하는구나. 아빠가 그렇게 이야기했거늘, 군대에 가서야 안경닦이가 얼마나 소중한지 안 모양이군.' 아들도 그 오래된 추억이 생각날 테지요. 아들이 무사히 군복무를 마치고 건강하게 귀가하길 이 아비는 빌고 또 빕니다. 그게 아들을 군대에 보낸 모든 부모의 간절한 심정일 테지요.

71

아이와 아빠, 둘만의 여행

　아들이 초등학교 4학년 때인 9월 어느 날, 예정 없이 아들과 떠났던 제주도 여행의 기억이 새롭습니다. 인도의 시인 타고르가 12살 때 아버지와 함께 히말라야 여행을 떠났듯, 문득 "아버지와 아이, 단 둘이 대자연 속으로 여행을 떠나라"는 말이 떠올랐습니다. 무작정 하굣길에 아이를 데리고 그대로 공항으로 달려갔습니다. 아이는 영문도 모른 채 제주도에 간다니까 신이 났습니다. 제주도에 도착하니 벌써 어둠이 찾아왔습니다. 다음날 일정을 아이가 물었습니다. 한라산 등산을 알렸더니 실망한 눈치였습니다.

　이튿날 이른 아침 아들을 깨워 택시를 타고 8시에 성판악에 도착해 백록담 정상까지 노선에 올랐습니다. 택시기사 이야기로는 하산까지 6시간 정도 걸린다고 했는데 그게 아니었습니다. 가파른 코스가 아닌데도 점점 힘들어졌습니다. 그때마다 등산객들은 우리 아이한테 "참 대견하다"고 용기를 주었습니다. 백록담까지 8시에 시작해 12시30분에 도착했습니다. 그날따라 맑은 하늘이 펼쳐졌고 정상에서 바라보는 제주의 풍경은 남국의 하늘을 떠올리게 했습니다.

하산 길은 관음사 코스를 잡았습니다. 갈수록 제 발걸음이 무거워 졌습니다. 그런데 아이는 다리가 아프다거나 힘들다거나 하는 한 마디 투정도 하지 않았습니다. 제가 힘들다는 말을 꺼내기가 민망했습니다. 그때 저는 제 아이를 다시 보게 되었습니다. 내려오면서 주의해야 할 구간에서는 위험을 알리는 신호등과 같이 '빨간등'을 아들에게 외치면서 내려왔습니다. 아빠가 빨간등 하면 아들도 빨간등 하며 반복했고 위험구간을 벗어나 '녹색등'을 하면 아들도 '녹색등'을 소리 내어 말했습니다.

평소에 저는 아이가 인내심과 책임감이 부족하다고 생각하고 이 부분을 훈련(?)시키려고 했습니다. 하지만 등산을 하면서 그게 아니라는 것을 느낄 수 있었습니다. 아마도 지난여름 흥사단 국토순례캠프 100㎞를 다녀온 것이 효과가 있었나 봅니다. 관음사에 도착해보니 4시 30분이 되었습니다. 무려 8시간 30분이 걸린 거죠.

이를 계기로 아들이 6학년 때부터 우리는 도보여행을 시작하게 됩니다. 앳된 아들과 함께 떠났던 첫 도보여행은 지금도 선명히 기억합니다. 아들이 초등학교 6학년 여름방학 때 5박6일 동안 지리산 일대를 다녀왔습니다. 아들과 함께 한 첫 도보여행이라 더 좋았습니다. 여행 기간 동안 정말 날씨가 무더웠습니다. 만나는 사람들마다 어떻게 어린 아들을 데리고 도보여행을 다니느냐고 묻곤 했습니다.

첫 도보여행은 고향인 합천 대병 하금리에서 시작했습니다. 그날은 마침 아버지 기제사일이어서 먼저 산소가 바라보이는 곳(합천댐으로 인해 산소가 호수 건너편에 있음)으로 가서 아들과 함께 소주를 따르고 절을 올렸습니다. 숙박을 해야 할 마을까지 5㎞ 정도 거리를 다시 걸어서 왔습니다. 다음날 황매산 떡갈재를 넘어 산청으로 이동하며 본격적인 도보여행을 시작했습니다. 떡갈재에는 터널을 뚫는 공사를 하고 있었는데, 아들과 저는 아직 개통하지 않은 캄캄한 터널 속을 이른 아침에 걸었습니다. 아들은 도보여행을 끝내면서 가장 인상적인 것으로 터널통과를 꼽았습니다.

이어 산청을 거쳐 청학동, 회남재, 악양, 구례까지 걸었습니다. 구례에서 남원까지는 버스로 움직였고 다시 함양 인월면으로 이동하여 지리산 둘레길(매동~금계마을)을 걸었습니다. 대략 120㎞ 정도 걸은 셈입니다. 어떤 날은 뙤약볕이 내리쬐는가 하면 비가 내리기도 했고 흐린 날도 있었습니다. 지리산 굽이굽이 재를 넘기도 했습니다. 청학동에서 하동 악양으로 넘어가는 회남재를 넘을 때에는 먹을 곳이 없어 애를 먹었습니다. 악양 평사리의 토지문학관과 구례 운조루를 탐방하기도 했습니다. 평사리에서 매실즙 2리터를 만 원에 사서 내내 물에 타 마셨습니다.

저는 도보여행은 난생 처음이었습니다. 하지만 아들은 흥사단에서 하는 국토순례를 이미 두 번이나 다녀왔습니다. 도보여행에서는 아빠보다 '고참'인 셈이었죠. 그래서인지 정작 아들보다 제가 더 힘겨웠습니다. 오히려 아들 눈치를 봐야 했습니다. 아무리 힘들어도 힘들다는 소리를 할 수 없었죠. "힘들지 않니?"하면 아들은 배시시 웃기만 했습니다. 아이는 한 번도 "아빠, 힘들어 죽겠어요. 좀 쉬었다 가요!"라고 먼저 말하지 않았습니다.

한번은 아들녀석이 "아빠가 가장 많이 한 말이 뭔지 아세요. 바로 '지금 몇 시냐'라는 말이에요"라고 흉을 보기도 했습니다. 첫날에는 아빠의 '완패'였습니다. 산청 차황에서 산청읍으로 가는 재를 넘다 너무 지쳐 마을입구에 마련된 돗자리에 쓰러져 자고 말았죠. 한 30분 지났나 싶었는데 무려 1시간 20분이나 잤다고 합니다. 아이는 그새 혼자 놀고 있었는데 아무리 깨워도 아빠가 일어나지 않았다고 합니다.

하동 평사리를 방문할 때는 살이 타는 듯한 폭염이었습니다. 최참판 댁은 예전부터 있었던 게 아니라 드라마를 촬영할 때 세트장으로 만든 것인데 솟을대문에서 바라본 악양들판은 그야말로 압권이었죠. 귀녀와 조준구의 탐욕, 최서희의 복수 같은 《토지》의 이야기들은 비단 평사리에서만 일어나는 문제는 아닐 것입니다. 지금도 여기저기 삶의 곳곳에서 벌어지고 있을 테죠.

문득 불어오는 산들바람에 다시 기운을 차리고 길을 나섰습니다.

인근 마을 촌로에게 최참판 댁이 실재했는지를 물었습니다. "나이 많은 노인들도 최참판 댁 이야기는 잘 모르지만 이전에는 악양들판 전체가 최참판 댁의 소유였지. 지금은 최씨들은 이곳에 살지 않아."

촌로의 말이 사실인지 아닌지는 확인할 수 없지만 만약 이 마을에 살았다면 최참판 댁은 그 많은 재물을 어디에 쓰고 사라진 걸까, 문득 이런 생각이 들었습니다.

첫 도보여행에서 비록 아들에게 '완패'하긴 했지만 뱃살을 만져보니 그 두껍던 살이 많이 얇아져 있었습니다. 다이어트에는 아마도 걷기가 최고인가 봅니다. 이제는 속된 말로 몇 킬로미터 정도는 우습게 여겨집니다.

이번 여행에서 얻은 게 있다면 그것은 다름 아닌 '아들의 재발견'이라고 할까요. '아들은 아빠에게는 약한 모습을 보여주지 않으려고 한다'는 말을 하는데, 정말 그랬습니다.

"아빠와 도보여행을 함께 해줘서 진짜 고마워!" 아들과 첫 도보여행을 하며 힘들 때마다 아들에게 이렇게 말했습니다. 지리산둘레길 도보여행은 나를 찾고 부자유친의 정을 다지는 정말 뜻 깊은 여행이었습니다. 아들녀석이 동행하지 않았다면 아마도 5박6일 동안의 첫 도보여행을 이겨내지 못했을 것입니다.

나에게 돌아오는 시간

칡넝쿨을 보고
"콩이요!"하는 아들

며칠 전 운전하다 라디오에서 우연히 이어령 박사의 강연을 들었습니다. 남자와 여자의 유전적 차이, 인간의 지혜 등을 이야기했는데 아주 재미있었습니다. 그 이야기를 듣다 문득 우리가 역사 이전 인간보다 지혜로운가, 하는 의문이 들었습니다.

우리는 2000년 이전 사람들을 미개하다고 생각할지 모르지만 그때가 인류의 빛들이 살던 시대였습니다. 2500년 전에 공자나 석가가 살았고 2000년 전에 예수가 살았습니다. 900년 전에는 주자가 살았고 500년 전에는 퇴계가 살았습니다. 그리고 보면 선지식들은 수천 년 수백 년 전에 더 많았던 게 아닐까요. 기계문명의 발달이 인간의 전부는 아니라는 생각이 듭니다. 헤로도토스의 《역사》를 읽어도 그때나 지금이나 인간은 지혜롭습니다. 지금 우리들이 그들보다 과연 더 지혜로울까요?

저는 아들과 도보여행을 할 때면 아들이 지혜로운 사람으로 자라기를 바라는 마음에서 옛 이야기들에 숨어 있는 의미들을 들려주곤 합니다. 아들과 세 번째 도보여행을 떠났을 때 일들을 기억하면 지금도 "콩이요!" 하던 아들의 앳된 얼굴과 함께 미안함에 마음이 숙연해지곤 합니다. 당시 도보여행을 가기 전날까지 행선지를 정하지 못했지요. 남해도로 갈까, 고향으로 갈까, 문경새재로 갈까 망설이다 결국 문경새재를 거쳐 영월 동강을 걷는 코스로 정했습니다. 국도를 걷는 게 위험해 안전을 최우선으로 생각했기 때문이지요.

길을 걷다 지천으로 덩굴을 이룬 칡넝쿨을 보고 칡에 대해 이것저것 이야기해 주었습니다. 어린시절 학교에서 돌아오다 칡을 캐먹던 게 생각났습니다. 칡은 겨울이 끝나고 봄이 올 때쯤 영양분을 뿌리에 모아두고 있는데 그때 캐면 맛있는 칡뿌리를 얻을 수 있지요. 봄 이후에 잎이 돋아나면 그 영양분으로 덩굴을 이룹니다. 제가 시골에서 살던 어린시절에는 토끼 먹이는 풀로 이용한 것이 바로 칡의 잎이지요. 이런 이야기들을 해주며 영월시내를 지나 동강 아라연으로 가던 길에 칡넝쿨이 지천으로 덮여 있었습니다.

"아들, 이게 뭐라고 했지?"

"콩이요!"

"이놈아 콩은 농부들이 직접 밭에서 키워야 먹을 수 있는 농작물인데 이런 산에 콩이 자란다고? 아빠가 그렇게 설명해 주었는데 이게 콩이라고?"

그리고 조금 있다 아이가 다가와서 이번에는 "당근이요!" 라고 말했어요.

"뭐라고? 당근이라고?"

그런데 또 조금 있다 다가와서 말했어요.

"홍당무요!"

저는 그만 할 말을 잃었지요. 아들은 칡도 모를 뿐더러 콩, 당근도 몰랐던 것입니다. 당근과 홍당무가 같은 것도 몰랐지요.

"다른 사람이 말할 때 가장 중요한 것은 잘 듣는 것이다. 경청을 잘해야 한다. 말을 잘하는 사람보다 남의 말을 잘 듣는 사람이 되어야 한다."

다음날 영월시내 여관에서 출발해 장릉을 거쳐 선돌, 한반도 모양의 산으로 행선지를 잡았습니다. 다시 장릉에 들러 아침을 먹었지요. 밥을 먹고 길을 나서다 아들에게 물었습니다.

"단종에게 사약을 주고 시를 쓴 사람이 누구라고 했지?"

"……"

청령포 앞 왕방연의 시비에서 휴식을 하면서 분명히 메모를 해두라고 했었지요. 그런데 아들은 왕방연의 시가 아니라 청령포에 들렀다는 것만 메모해 두었다는 것입니다. 폭염에 저는 또 폭발하고 말았지요.

"제발 아빠를 실망시키지 마라, 이놈아……."

그래도 저는 아들과 함께 도보여행을 하는 게 제일 즐겁습니다. 아들과 여행을 하면 매번 아들보다 제가 더 마음이 설레고 기다려집니다. 그러나 아마도 아들은 죽을 맛일 겁니다.

《맹자》의 글이 생각납니다.

'아버지가 아이에게 직접 가르치려고 하지마라. 가르치려고 하면 착하게 사는 선에 대해 이야기를 해야 하는데, 막상 가르치다보면 아버지가 선하게 행동하지 않게 된다. 아이에게 화를 내고 거친 말을 하게 되기 때문이다. 이렇게 하면 아이는 아버지가 착하게 살라고 하면서 정작 아버지 당신은 화를 내고 거칠게 말한다며 표리부동을 느끼게 된다. 이런 모습을 보면 아이는 아버지를 이중인격자로 보게 되고 복종하지 않게 된다.'

말하자면 가르치려다가 부모와 자식 간에 감정만 상하게 된다는 것입니다. 그러나 아비 된 자로서 또 어찌 아이를 가르치려 하지 않을 수 있을까요? 세 번째 도보여행에서도 아이에게 세 번이나 잔소리를 했습니다. 아이에 대한 아버지의 욕심이 문제인 것이지요. 다음 도보여행 때는 잔소리를 하지 않는 아버지가 되어야겠다고 다짐해보지만, 역시 쉽지 않습니다.

네 번째 도보여행은 의미가 더욱 남달랐습니다. 제 아버지가 생전에 제가 다닌 대병중학교 육성회(요즘의 학부모회. 당시는 어머니가 아닌 아버지가 학교를 드나들던 시절이었고 선친은 부회장을 맡을 정도로 바지바람을 내셨다.)의 동료 학부모들과 남해 금산에 야유회를 다녀오신 적이 있는데, 지금도 제 서가에는 그때 찍은 사진이 걸려 있습니다. 아버지가 가셨던 그곳에 저도 가봐야겠다는 생각이 문득 들었습니다. 첫 여정으로 정한 황매산 길도 초등학교 시절 추운 겨울날 아버지와 걸었던 길이어서 선택했습니다.

선친은 4남 1녀를 얻으시고 얼마나 든든하셨는지 저희들을 앞세우고 추운 겨울날 황매산을 넘어 산청 진외가(아버지 외가)로 갔습니다. 저는 지금도 그 어린시절 황매산을 넘어 산청 오부면으로 가던 기억이 선연하게 남아 있습니다. 요양병원에 계신 어머니도 생각나신 듯 그때 젊은 아버지가 세 아들을 앞세우고 진외가로 가신 건 아들농사 잘 지은 것을 자랑하고 싶으셨던 거라고 하시더군요. 아마도 아버지 인생의 절정기는 이때가 아닐까 생각해 보았습니다. 제가 아버지가 되어 살아가보니 그런 생각이 듭니다. 지나고 보니 저도 아들을 앞세우고 도보여행을 하던 때가 아비로서 절정의 시기였던 것 같습니다.

할머니는 아버지를 낳은 후에 그만 세상을 떠나시고 말았습니다. 아버지를 낳기 전에 이미 네 명인가 아이를 낳고 잃으셨다고 합니다. 그러니 젊은 엄마(할머니)는 아들을 낳고 얼마나 기뻐하셨을까요. 어떻게 그 아들을 남겨두고 눈을 감을 수 있었을까요. 그런데 선친께서도 아들농사 잘 지어보려고 애를 쓰시다 그만 일찍 세상을 떠나셨습니다. 그런 자식농사에 대한 열정이 지금의 제가 '자녀경영연구소'를 운영하고 있는 바탕이 되었는지도 모르겠습니다.

남해는 2월 중순인데도 밭이나 논에 녹색식물들이 앞다퉈 잎을 피우고 있었습니다. 맘껏 광합성을 하는 파란 잎들 곁으로 걸으면서 이른 봄을 앞서 만끽했습니다. 나흘 내내 햇볕이 따사로웠습니다. 도보여행을 반겨주기라도 하듯이 말이죠.

이튿날 금산에 올랐습니다. 올랐다기보다 정상 부근까지 셔틀버스를 타고 올라가 한 10여 분 걸으니 정상이었습니다. 그날따라 등산객들로 발 디딜 틈이 없었습니다. 김밥을 먹고 사진을 찍고 바라본 남해는 일품이었습니다. 보리암에서 잠시 33년 전에 아버지가 이곳에 올랐다는 사실이 스치듯 떠올랐습니다. 이번에 저와 아들이 올랐으니 3대째 금산에 오른 셈이지요. 저는 이날 아들에게 할아버지 이야기를 들려주었습니다. 말하자면 금산은 우리 부자에게는 자녀교육의 살아있는 장이 되었습니다.

여덟 번째 도보여행에서는 고등학교에 진학하는 아들에게 고향의 소중함을 알려주고 싶었습니다. 그런 마음으로 고향에 갔습니다. 제가 고등학교를 다닐 때 진주와 합천을 주말마다 오갔는데, 그 여정에 있던 산청 원지라는 곳에서 도보여행을 시작해 가회까지 걸었고 이어 대병-합천읍-묘산-봉산-옥계서원이 있는 고향마을까지 나흘에 걸쳐 걸었습니다. 저희 세대야 고향이 있지만 아이들 세대는 고향이 없습니다. 더구나 농경사회의 모습이 사라져버린 지금 저 역시 고향에 가보아도 오히려 쓸쓸하기만 합니다. 하지만 고향의 하늘과 산천은 늘 그 자리에 변함없이 있어 우리를 반겨줍니다.

남해와 합천 일대를 걸은 두 번의 도보여행은 리처드 도킨스식으로 말하자면 일종의 문화유전자인 '밈(Meme; 모방을 통해 전해지는 것으로 여겨지는 문화의 요소)'을 통해 제 뿌리인 고향의 문화와 정서가 아들에게 '복제'되길 바란 여행이었습니다. 고향에 대한 문화유전자를 제 아들에게 전해주고 싶었던 것입니다. 물론 아이에게 지금 당장 밈의 활동이 마음으로 다가오거나 큰 영향을 주진 않겠지만 먼 훗날, 제가 이 세상에 존재하지 않을 때 밈은 다시 운동을 시작할 수 있을 겁니다. 아이도 자라 어른이 되고 언젠가는 마음의 안식을 구해야 할 때가 올 것입니다. 물론 아들은 아버지가 느낀 고향의 넉넉함을 오롯이 느낄 수는 없을 테지요. 그래도 삭막한 세월을 살아가다 언뜻 쉬고 싶다고 느낄 때, 그저그런 콘도나 호텔 혹은 비슷한 여행지가 아닌 보다 깊고 근원적인 안식을 줄 수 있는 곳을 찾을 때, 아버지와 함께 걸었던 고향이 마음 깊은 곳에서 떠오를 수도 있지 않을까요.

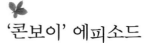

'콘보이' 에피소드

"아빠, 우리 캐치볼 해요!" 아들 승현이는 어릴 때 주위에서 캐치볼 하는 장면을 보면 나에게도 캐치볼을 하자고 졸랐습니다. 그때마다 "다음에 하자"고 바쁘다며 뒤로 미루곤 했지요. 자꾸 미루다 미안한 마음이 들던 어느 날, 아들과 마트에 가서 글러브와 야구공을 샀습니다. 하지만 그 후에도 캐치볼은 두어 번 밖에 하지 못한 채 아들의 중학생 시절이 다 지나갔습니다. 고등학생이 되자 이번에는 아들이 시간을 내지 못했지요. 글러브와 야구공은 지금도 신발장에서 낮잠을 자고 있습니다.

생각하면 많이 아쉽고 후회스럽답니다. 아들과 했던 운동은 초등학교 6학년 때 배드민턴을 몇 번 친 게 고작인 것 같아요. 축구나 야구 구경도 자주 가고 싶었지만 늘 생각뿐이었습니다. 아들이 초등학교 다닐 때 상암동 월드컵경기장엘 딱 한 번 간 것이 유일합니다. 지금 생각하니 아들에게 참 미안한 마음이 듭니다.

아들과 도보여행을 시작한 것은 평소 캐치볼조차 못 해주었지만 방학 중에는 반드시 시간을 내 아들과 함께하는 여행의 추억을 만들어주고 싶었기 때문이지요. 물론 처음에는 아들이 가고 싶어 하지 않았지만 횟수가 거듭되자 아들은 싫은 내색 없이 흔쾌히 따라나섰습니다. 그게 제일 고마웠지요. 도보여행은 아들과 자주 놀아주지 못했던 아빠가 그래도 아들과 같이 시간을 보낼 수 있는 기회가 되어 주었습니다.

아들과 첫 도보여행을 하며 찍은 사진을 보면 앳된 소년의 티가 그대로 남아 있답니다. 저의 노트북 배경화면도 두 번째 도보여행 때 다산초당에서 찍은 사진입니다. 노트북에 파일로 저장돼 있는 그때 사진들을 보노라면 마치 아들의 성장기를 단계별로 보는 것 같아요. '어린 아들을 아빠가 참 모질게도 데리고 다녔구나!' 하는 생각이 들면 아들에게 미안한 마음이 앞서기도 한답니다. 그 아이는 어느덧 훌쩍 자라 스무 살 청년이 되었지요. 도보여행은 아들을 위한 성장여행이기도 했지만 나를 성찰하고 돌아보는 시간이기도 했습니다.

다시 저의 기억은 중2 아들과 떠났던 다섯 번째 도보여행으로 돌아갑니다. 아이의 여름방학이 끝나기 며칠 전 지리산 종주를 했습니다. 용산역에서 여수행 무궁화호 기차를 타고 새벽 3시23분에 구례구역에 도착해 택시로 성삼재까지 이동했습니다. 새벽 4시에 성삼

재를 출발해 세석대피소까지 16시간을 걸었습니다. 아마도 도보로 16시간을 걸은 것은 저희 부자에게 앞으로도 결코 넘어서지 못할 기록으로 남을 것 같습니다.

지나온 산봉우리를 보면서 인생도 마치 산행처럼 여겨졌습니다. 가끔 돌아서서 지나온 길을 볼 때마다 그 길에 대한 아쉬움이 뭉클 일어나기도 했습니다. 고개를 거듭 넘으며 지나온 산등성이를 보면서 느낀 감흥은 가슴 한구석에 지금도 인장(印章)처럼 각인되어 있답니다. 벽소령 대피소를 지나 세석대피소로 가는 길은 참으로 멀었습니다. 대피소 예약을 늦게 하는 바람에 세석밖에 예약이 되지 않아 무리하게 여정을 잡았는데 정말이지 세석까지는 인내의 한계를 시험하는 길이었습니다. 다행히 여러 사람들과 동행하게 되어 방 배정 마감 시한인 8시 조금 지나 도착할 수 있었습니다.

세석대피소에 이르는 마지막 5km 정도에서는 일종의 호송대와 같은 동행자 즉 '콘보이'가 필요했습니다. 브라이언 트레이시가 쓴 《내 인생을 바꾼 스무 살 여행》에는 사막여행자들의 '콘보이'가 눈길을 끕니다. 아드라르에서 말리까지 1300km에 달하는 사하라사막을 낡은 랜드로버로 여행한 트레이시는 수십 대의 자동차가 함께 사막을 건너는 게 바로 그들의 콘보이라고 합니다. '콘보이'는 사막을 건너는 사람들에게 반드시 있기 마련인 '위험'을 서로 의지하며 이겨나가는 전략인 것이죠.

나에게 돌아오는 시간

지리산 종주는 아들도 저도 참 힘들었습니다. 그날 세석산장에서 잠을 자다 12시에 기상시간인 줄 알고 허둥지둥 잠에서 깼지요. 덩달아 아들도 깨웠습니다. 일어난 김에 아들과 함께 잠시 밖으로 나왔답니다. 물을 마시러 샘물 근처로 가는데, 세석산장 평원에는 온통 눈부신 달빛이 농익어 타오르고 있었습니다. 마치 달빛이 한여름 밤의 잔치를 벌이고 있는 것 같았습니다.

퇴계 이황은 이런 글을 남겼습니다.

"내가 혼자 완락재에서 잘 때인데, 한밤중에 일어나 창을 열고 앉았더니, 달은 밝고 별은 깨끗하며 강산은 텅 비어 조용하고 쓸쓸해서, 천지가 열리기 이전의 세계인 듯한 생각이 들었다."

이는 퇴계 이황이 세상을 떠나고 그의 제자들이 스승의 가르침을 회상하며 펴낸《퇴계언행록》에 나오는 말입니다. 제가 퇴계 선생의 체험을 엿본 듯한 기분입니다. 한밤중에 일어나 달과 별을 보는 고인(古人)의 모습이 눈에 선하게 그려집니다. 세석산장에서 저는 고인이 수백 년 전에 경험했던 것처럼 텅 빈 강산에 충만하게 비추는 달빛을 경험했습니다. 그 순간의 모습은 지금도 한 폭의 풍경화로 살아 있습니다.

다음날 천왕봉을 향해 오르면서 파노라마처럼 펼쳐진 걸어온 산들을 바라보며 아들과 서로 뒷모습 찍어주기를 했습니다. 도보여행을 하다보면 가끔 아들에게 잔소리 아닌 잔소리를 할 때가 있지요. 아버지란 존재는 자녀에게 툭 하면 '세상의 법칙'이라며 훈계를 하려고 합니다. 저 또한 예외는 아니었습니다. 그날도 '아버지 티'를 기어이 내고 말았지요.

"산행은 자신의 목표에 맞춰 걸어야 한다. 다른 사람들과 동행도 중요하지만 자신의 여정이 더 중요하다. 목표를 정했다면 그 목표에 충실한 게 우리가 해야 할 일이다. 각자의 목표를 향해 가다보면 결국에는 다시 만난다. 우선 우리의 목표에 충실하자."

아들에게 이런 잔소리를 한 것은 목표와 그 목표 완수의 중요성을 알게 하기 위해서였습니다. 아들은 전날 동행했던 사람들과 오늘도 함께 하산 길을 가자고 했지요. 하지만 "오늘은 우리가 가야 할 목표에 충실해야 한다. 동행하다보면 시간이 지연되기 때문에 안 된다"면서 이렇게 잔소리를 했던 것입니다. 뒷모습을 찍은 그날 사진을 볼 때면 아들에게 미안한 마음을 지울 수 없습니다.

"당신은 왜 자식을 하나밖에 낳지 않아 내게 부성애를 더 느끼게 할 기회를 주지 않았어요?" 한번은 아내에게 이런 투정을 부렸습니다. 지금 생각해보면 아이를 달랑 하나만 키우는 것은 참 아쉬움이 많이 남습니다.

젊은 시절에는 미처 이런 감정을 느끼지 못했습니다. 그때는 왜 그리 일에 미쳐 살았는지, 자식 키우는 보람이 이토록 살갑다면 왜 진작 그런 느낌을 알지 못했나 하는 생각이 듭니다. 늦게 다시 아이를 하나 더 얻었으면 했지만, 그건 인력으로 되지 않는 일이라 몹시 속상하기도 했습니다.

30대 후반에 이런 생각을 했습니다. "지금 둘째를 얻지 못하고 나중에 아이를 더 이상 얻을 수 없는 물리적 시간에 다다르면 아마 후회할 것 같다……." 제가 살면서 후회하고 아쉬운 게 있다면 그건 단 하나, 아이를 하나 더 키워보지 못한 일입니다.

여행의 묘미는
길을 잃는 것이다

걷기여행은 일상의 분주함을 잠시 떨쳐버리고 오직 걷기에만 충실하면서 잠시 일상으로부터 멀어지는 기회입니다. 아빠인 저로서는 도보여행이 늘 기다려지는 행사지만 아들녀석은 그렇지 않을 것입니다. "이번 도보여행을 어디로 갈까?" 아들에게 이렇게 물으면 매번 시큰둥한 반응이었습니다.

아들과의 일곱 번째 도보여행은 강릉 일대로 잡았습니다. 그해 여름방학 때 일명 바우길로 알려진 곳들을 중3이 된 아들과 함께 5일 동안 걸었습니다. 여행을 떠나기 전 아들은 엄마에게 이렇게 말했답니다.

"이번 여행이 마지막이에요. 고등학교에 올라가면 공부를 해야죠. 도보여행 갈 시간이 없어요."

물론 엄마에게 한 이야기의 의도는 뻔하죠. 아빠에게 전해질 거라는 생각에서죠. 바우길을 걷다 아들에게 엄마한테 들은 이야기를 했더니 빙그레 웃습니다. 아빠가 결코 걷기를 포기하지 않을 거라는 것을 다 알고 있지만 그래도 한번은 그런 말을 해본 거죠.

"아빠가 너랑 언제까지 이런 도보여행을 할 수 있을 것 같니? 그래도 아들이랑 도보여행을 다닐 때가 아빠는 가장 행복하단다."

도보여행의 묘미는 걷는 곳 모두가 기억에 남는다는 것입니다. 걸으면서 눈길이 닿는 곳마다 마음에 길이 나기 때문일 것입니다. 여행을 함께 하면서 아이의 마음에도 아빠와 걸은 길들이 새겨져 있을 것입니다. 아빠로서 아이에게 해줄 수 있는 것 중에 아빠와 함께 한 길들을 마음에 담아줄 수 있는 게 바로 도보여행이 아닐까요.

저는, 아들이 지금처럼 아빠와 함께 걷는 길들을 기억하고 세상을 살아가다 힘이 들거나 부칠 때 문득 아빠와 걸었던 그 여름날의 지리산 종주길이나 해남 땅끝마을에 불던 겨울날의 바람소리, 문경새재와 영월의 길들, 남해의 푸른 바다, 지리산 둘레길과 제주 올레길, 그리고 강릉의 바우길과 정동진, 속초 일대의 동해안 길들을 추억하며 다시 힘을 내 살아가기를 바라면서 길을 걷습니다. 걷다보면 때로 아이와 티격태격하고 잔소리를 하다 언성을 높이기도 하지만, 그래서 아들의 기분을 상하게도 하지만 이게 다 아빠의 마음이라는 것을 알게 될 날이 올 거라 생각합니다.

"길을 잃어 보지 않으면 여행이 아니다!"라는 말이 있습니다. 여행의 진정한 묘미는, 헤매지 않고 예정대로 순탄하게 여행하는 데 있지 않고 도리어 길을 잃고 막막한 순간을 경험할 때 비로소 느낄 수 있다는 말일 것입니다. 예정에 없던 길을 가다보면 전혀 낯선 세상을 만나고 그때까지 경험하지 못했던 새로운 세상을 경험하기 때문이겠지요. 그런데 길을 잃는 순간은 그 길을 아주 잘 알고 있다고 방심하는 순간이 아닐까요. 사람 사이의 신뢰도 너무 방심하면 한순간에 무너져 버리고 길을 잃기 십상입니다. 그러나 길을 잃어보고서야 비로소 여행의 묘미를 느끼듯이 신뢰도 상실의 경험이 있어야 더욱더 단단해질 수 있을 것입니다.

제 아이는 원칙주의자의 면이 좀 있는데 지도에 표시된 길로만 가야 한다고 우길 때가 있습니다. 그래서 여행을 떠나기 전에 읽었던 "길을 잃지 않는 여행은 여행이 아니다"라는 글귀를 들려주었습니다. 살아가면서 누구나 길을 잃어버릴 수 있습니다. 아이 역시 앞으로 살아가면서 길을 잃을 수도 있지만 잃은 길도 집중해서 걷다 보면 새로운 길을 만들 수도 있고 다시 제 길로 접어들 수도 있을 것입니다. 저 역시 때로 길을 잃어버린 것 같아 당황할 때도 있었지만 지나고 보면 스스로 터득해 온 생존감응력으로 다시 제 길을 찾거나 또는 새로운 길을 만들어 온 것을 알 수 있으니까요. 아이도 여러 번의 걷기여행을 통해 이런 깨달음을 몸으로 깨쳐나가지 않을까요.

도보여행이 네게 줄
최고의 유산이다

아들과 도보여행을 한 지 열 번째를 맞아 좀 색다른 여행을 계획했습니다. 아빠 키만큼 훌쩍 큰 아들을 보면서 이번에는 부자가 함께 걷다 아들 혼자서 하는 도보여행을 체험하게 하고 싶었습니다. 먼저 상주로 가서 낙동강 자전거 길을 사나흘 정도 걷고 그 이후에는 아들 혼자서 도보여행을 계속하게 할 참이었습니다.

그런데 이틀 동안 걷자 갑자기 제 무릎에 통증이 나기 시작했습니다. 그날 도보여행을 마치고 상주로 돌아오자 더 이상 걷기 힘들다는 생각이 들었습니다. 이심전심이었을까요. 저녁을 먹으며 아들이 아빠는 서울로 돌아가시고 내일부터 혼자 걷고 싶다고 말했습니다. 아들은 부산으로 가서 해파랑길의 시작 구간을 걷고 이어 경주로 이동해 경주 일대를 걷겠다고 했습니다.

그렇게 해서 아들을 혼자 상주에서 떠나보냈습니다. 부모는, 아버지는 자식을 떠나보내야 합니다. 그 시기가 빠르면 빠를수록 자식은 더 철이 들고 더 넓은 세상을 경험한다는 게 저의 지론입니다. 언제까지 자식과 함께할 수 없기 때문이죠.

아들은 먼저 부산으로 갔습니다. 부산에서 이틀 동안 해변을 걸었습니다. 부산은 고성통일전망대까지 이어지는 해파랑길의 시작점입니다. 우리 부자는 7회와 9회 때 강릉과 정동진 일대 해파랑길과, 속초와 거진 일대의 해파랑길을 걸었습니다. 아들은 아마 그 시작점을 걷고 싶었던 것 같습니다. 길을 떠나기 전 아들에게 10만 원의 현금 여비와 신용카드를 주었습니다. 아들은 부산을 거쳐 경주로 이동해 다시 이틀을 걸었다고 합니다. 경주는 아이가 어릴 때 가족여행을 두세 번 한 곳이어서 친숙했나 봅니다. 아이는 홀로 나흘간의 추가 도보여행을 하고 돌아왔습니다.

고2가 되는 학생이 도보여행을 하기란 쉽지 않습니다. 그래도 아버지가 도보여행을 가자고 하면 얼굴만이라도 반가이 내색하며 따라나서는 아들이 참 대견하고 고맙습니다. 벌써 열 번째나 되니 앞으로 아들과의 도보여행을 얼마나 더 할 수 있을지…… 하는 생각이 문득 듭니다. 그러면 또 코끝이 시큰해집니다. 남자는 또 아버지는 나이가 들면 감정적이 되고 눈물이 헤퍼진다는데, 저 역시 예외가 아닙니다.

고3을 앞둔 2월 하순에 아들과 도보여행으로 공주에 갔습니다. 아마도 고등학생 시절 아빠와의 마지막 도보여행이 될 것이었습니다.

그때 문득 이게 아들과 하는 마지막 도보여행이 되는 게 아닐까 하는 생각이 불현듯 들었습니다. 그런데 지나고 보니 아쉽게도 그게 정말 마지막이었습니다!

공주 버스터미널에서 내려 공산성을 먼저 둘러보았는데 작은 산이 참으로 오밀조밀한 게 오르막과 내리막이 꽤 경사가 급했습니다. 이어 무령왕릉을 거쳐 한옥마을에 가서 공주국밥을 먹었습니다. 김치를 푹 끓이고 여기에 소고기를 곁들였는데 여느 지방에서 먹은 국밥보다 맛있었습니다. 이어 오후 종일 길을 걷다 다시 공산성을 지나 점심을 먹은 국밥집 부근에서 온천욕을 하고 하루를 마감했습니다.

이어 계룡산에 오르기 위해 시내버스를 타고 갑사로 향했습니다. 그 어느 시절의 〈갑사 가는 길〉이라는 글을 나도 모르게 중얼거렸지요. 기억이란 불시에 어떤 연관성에 힘입어 떠오르기도 합니다. 대학시절 방위병으로 근무할 때 동아리 친구를 대전에서 만나 동학사에서 계룡산을 올라 갑사로 내려왔습니다. 세월을 헤아렸더니 무려 30년이 되었더군요. 아, 그 시절은 5월이었습니다. 첫 휴가를 나와 큰형이 해병대에서 가져온 군용텐트를 짊어지고 김천 직지사에서 하루를 묵었는데 5월 말의 밤공기는 아직 차가웠습니다. 직지사 입구에서 텐트를 치고 이른 아침 한기에 잠을 깼던 그 기억은 지금도 아련하게 남아 있습니다.

대전역에서 약속한 친구를 기다릴 때 핸드폰도 없던 그 시절, 아무리 기다려도 친구는 보이지 않았습니다. 서울의 친구 집에 전화를 했더니 아침에 대전으로 출발했다더군요. 그런데 어디로 갔을까. 그때 문득 그 친구는 대전역이 아니라 고속버스터미널에서 기다리고 있을 거라는 생각이 들었습니다. 그래서 친구 집에다 그 친구가 전화하면 나는 터미널로 갔다고 전해 달라 말하고 그곳으로 갔더니 그 친구가 우두커니 서 있었습니다. 그렇게 만난 우리는 계룡산에 올라 중간쯤에서 하룻밤 야영을 했습니다. 당시에는 국립공원에서도 야영을 할 수 있었지요. 그 오월의 젊은 날들은 이제 기억으로만 남아 있습니다.

이번에는 30년 전의 그 길을 아들과 함께 걸었습니다. 아들은 이제 고3인데 도보여행을 가자고 하면 어떻게 하냐고 항변하면서도 막무가내로 가야한다는 아비의 말을 또 군말 없이 따라주었습니다. 다만 아들의 사정을 헤아려 이번에도 지난번처럼 1박2일만 걷자고 했습니다.

공주 일대를 온종일 걷고 다음날 계룡산에 올랐습니다. 때마침 미세먼지가 계룡산을 급습하고 있었습니다.

"아빠가 지금 너보다 서너 살 더 많던 시절에 이 길을 친구와 걸었단다. 그런데 그새 네가 태어나 훌쩍 자라 이 길을 걷고 있는 것처럼 또 시간은 훌쩍 흘러 언젠가 아빠 없이 이 길을 걸을 때가 있을 게다. 그때 이 길을 함께 걸었던 아빠를 생각해다오. 아마도 그때는 네 아이와 함께 걷고 있지 않을까."

아들이 고3이 되어 실질적인 자식교육도 이제 막바지에 들어갈 무렵 과연 나는 아비노릇을 제대로 해온 걸까, 자기평가를 해보니 저는 B학점도 안 되는 것 같았습니다. 다만 위로가 된 것은 아들에게 함께 나눈 '기억의 유산'을 누구 못지않게 많이 물려주었다는 점입니다. 저는 아들에게 "방학 때마다 아빠와 함께한 도보여행이 네게 줄 최고의 유산이다"라고 말해주곤 합니다. 그래도 역시 자식 앞에 서면 늘 아쉬움이 밀려옵니다.

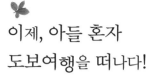

이제, 아들 혼자
도보여행을 떠나다!

　아버지와 자식은 참 특별한 관계입니다. 아빠는 끊임없이 아이가 세상의 경쟁에서 이길 수 있게끔 생존의 기술을 가르쳐주려고 합니다. 자신이 실패한 경험, 자신이 세상을 살면서 불리하게 작용한 약점과 단점을 자신의 자녀만큼은 경험하지 않기를 바라기 때문이지요. 그래서 잔소리를 많이 하는 아버지는 자식이 밀쳐내는 존재이기도 합니다. 그러다 언젠가는 자식이 아버지를 밀쳐내지 않는 관계가 됩니다. 어떤 운 좋은 자식은 아버지가 살아생전에 그런 행운을 갖기도 하지만 대부분의 자식들은 아버지가 세상을 떠난 후에야 아버지를 찾습니다.

　아버지는 그래서 외로운 존재입니다. 살아오면서 느꼈던 수많은 생존법칙들을, 자신이 감당해야 했던 수많은 인과관계의 방정식들을, 꼭 자식에게 들려주고 싶어 합니다. 자식만은 이 세상을 지혜롭게 살아가기를, 나보다 더 행복한 세상살이를 하길 바라면서 말입니다.

　아들과 도보여행은 초등학교 6학년 여름방학부터 고3이 되기 직

전까지 모두 열두 번 다녀왔는데 마치 어제 일 같습니다. 지난 9월에 군대 간 아들은 그 전 여름에 두 번에 걸쳐 홀로 10박11일 도보여행을 다녀왔습니다.

아들은 입대일이 다가오는 6월 중순에 혼자 도보여행을 가겠다고 했습니다. 처음 아내에게 이 말을 들었을 때는 믿기지 않았지요. 방학 때마다 아빠가 도보여행을 가자고 할 때에는 엄마에게는 안 가겠다고 협박(!)을 해왔기 때문입니다. 그런데 아들이 도보여행을 혼자 그것도 한 달에 걸쳐 전국을 돌겠다고 했습니다. 아르바이트를 해서 여비를 마련해 가겠다고 했지요.

그 말을 들었을 때 참 기분이 좋았습니다. 아빠와의 도보여행이 아들에게도 소중한 추억이 되었구나, 하는 생각이 들어 보람을 느꼈다고 할까요. 그동안 제가 해온 양육방식에 대해 아들이 인정해준 느낌이랄까요.

그리고 마침내 지난 7월 장마가 시작되었는데도 아들은 도보여행을 떠났습니다. 여행지는 다름 아닌 아빠와 함께 걸었던 강릉이었습니다. 동해안은 아들과 모두 세 차례 걸었습니다. 일곱 번째 도보여행지가 강릉과 정동진 일대, 아홉 번째가 속초 일대, 열한 번째가 삼척 일대였습니다.

일곱 번째 도보여행의 여름방학 때 강릉 일대를 다니다 홈플러스에서 우산을 사면서 아들은 호된 경제교육을 받은 적이 있습니다.

아들은 어쩌면 그때의 좋지 않은 기억이 있을 텐데 다시 그곳으로 가서 아빠와 걸었던 길들을 또 걸었습니다. 불볕더위 속에서 7월 4일부터 8일까지 강릉 경포대서 삼척까지 걷다 폭우가 와서 귀가를 했습니다. 그리고 7월 13일 다시 삼척으로 떠나 포항까지 걷다 발목을 삐끗해 7일째인 19일 귀가했습니다. 모두 12일을 걸었습니다.

귀가한 아들은 어깨가 벌어지고 좀 더 사내다운 모습이었습니다. 혼자서 걸으면서 기록을 하겠다며 캠코더가 필요하다고 해서 사주었습니다. 열 번째 도보여행 때 상주 일대를 걷다 제가 무릎 통증이 생겨 1박2일 만에 그만두었는데, 아들은 그날 저녁 상주에서 부산으로 가서 부산 일대 해파랑길과 경주 일대를 혼자 걸었지요.

그때 한 '나홀로 도보여행'의 경험이 이번에 혼자 떠날 때 큰 경험이 된 것 같았습니다. 더욱이 캠코더로 기록해서 나중에 책을 내겠다는 당찬 계획을 세우기도 했는데 이런 모습을 보며 저는 다시 한번 자녀교육의 중요성을 절감할 수 있었습니다. 도보여행 때마다 아들에게 여정을 메모하게 했고 여행 후에는 반드시 여행기로 남기게 했었지요. 그 기록들이 토대가 되어 《최효찬의 아들을 위한 성장여행》을 출간할 수 있었는데, 이때 아들의 여행기가 큰 도움이 되어서 아들은 공저자로 이름을 올리는 성과도 맛보았지요.

아들은 폭우와 폭염 속에서도 12일을 걸었습니다. 당초 한 달에 걸쳐 전국을 걷겠다는 계획은 이루지 못했지만 군대에 가기 전에 도보여행을 한 아들이 참 대견했습니다. 저도 같이 걸으려고 했지만 은평 한옥마을에 한옥을 짓는 마무리 작업을 하던 터라 떠나지 못했습니다. 그 아쉬움을 아들이 군대에 입대하기 며칠 전 북한산행을 하는 것으로 달래었습니다. 자대배치를 받아 군복무를 하는 지금 때로 힘들다고 느낄 때도 있겠지만 아빠와의 도보여행을 떠올리며 잘 해내리라 믿습니다.

아빠로 살아가면서 아들과의 도보여행만큼 보람 있고 신이 난 일은 없었습니다. 도보여행은 아버지로서의 나 자신을 뒤돌아보고 아들과 함께 세상을 걸을 수 있었던 아주 소중한 시간이었으니까요. 그 고마움을 이런 독백으로 되새기거나 때론 직접 아들에게 말로 표현하기도 했습니다.

"네가 있어 아빠가 도보여행도 할 수 있어 고맙고 또 고맙단다. 혼자라면 얼마나 지루하고 쓸쓸했겠니? 고맙다, 아들아……."

하지만 그런 고마움 끝에 늘 뒤따르는 아쉬움도 지울 순 없습니다. 아들이 고3 진학하기 전 함께한 이후에는 지금까지 저 혼자 세 번을 다녀왔습니다. 안동 퇴계옛길과 하회마을 일대, 영주 부석사와 단양 일대, 태안과 서산 일대를 다녀왔지요. 혼자 걷다 보면 이야기할 상대가 없어 빨리 걷게 되고 그럴 때면 아들의 부재가 크게 느껴졌답니다.

'아들과 함께 이 도보여행을 언제까지 할 수 있을까…….'

때로 그런 생각에 가슴이 턱 하니 뜨거워지곤 했습니다. 이 세상에 영속하는 것은 없으니까요. 아들이 군대를 제대하면 대학을 다니고 세상의 여행을 혼자 해야 할 테지요. 그리고 앞으론 홀로 하는 세상여행을 또 떠나야 할 겁니다.

그때가 오면 아버지와 다녔던 도보여행의 기억들이 세상살이를 하는 데 보이지 않는 힘이 되어줄 것이라 믿습니다. 그게 제가 어린 아들을 데리고 추위 속에서도 폭염 속에서도 하염없이 걸은 까닭이니까요. 저는 아들이 힘들어하면 가끔 이렇게 말했더랬습니다.

"아들아, 먼 훗날 아빠 없이 도보여행을 하면 아빠 생각이 나서 많이 울 걸……."

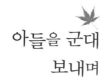

아들을 군대
보내며

지난 9월 18일 아들 승현이가 논산훈련소에 입소했습니다. 부모로서 아버지로서 아들을 군대에 보내는 심정은 예상보다 착잡했습니다.

저는 1984년 9월 17일에 창원훈련소에 입소해 훈련을 받고 방위병 근무를 했지요. 대학 2학년 때 1학기를 마치고 군대에 가려고 신검을 받았더니 폐결핵 경증이었습니다. 다시 신검을 받고서 보충역 판정을 받았지요. 지금 생각해보면 즐겁진 않아도 젊은 시절의 풋풋한 나날로 기억에 남아 있지만, 그때는 참 군대에 가기 싫었습니다.

이번에 아들을 군대에 보내면서 보니 어쩜 아들도 그렇게 군대에 가기 싫어하는지 이것마저 부전자전인가 싶더군요. 군대에 가기 싫다던 아들은 그나마 서울에서 근무할 수 있다며 의경에 지원했는데 연거푸 서너 번 떨어졌습니다. 저는 학사장교로 가길 권유했지만, 복무기간이 길다며 아들은 한사코 외면했더랬지요.

아들이 논산훈련소에 입소하던 그날이 생생히 기억납니다. 아들은 입소 시간 30분 전이 되자 표정이 굳고 손까지 차가워지면서 잔뜩 긴장했었죠. 이 모습을 지켜보는 저희 부부도 참담한 심정이었습니다. 이미 아들 얼굴은 백지장처럼 하얗게 변해 있었습니다. 그래도 마지막엔 다행히 침착함을 되찾았지요. 아들은 엄마아빠에게 경례를 하고 입영심사대를 통과해 한발한발 멀어져 갔습니다.

굳은 표정으로 손을 흔들며 차츰 멀어져가는 아들의 모습을 뒤로 하고 저희 부부는 영내에 있는 성당으로 갔습니다. 논산훈련소에서 아들을 입소시킨 경험이 있는 아내친구의 조언대로 성당에 가서 아들에게 편지를 쓰기 위해서였습니다. 그 아내친구의 말에 의하면 이 편지가 며칠 후면 아들에게 전달될 수 있다는 것입니다.

뜻밖의 편지를 받고 기뻐할 아들을 그리면서 글을 썼습니다. 그런데 편지를 쓰자마자 저도 모르게 그만 왈칵 눈물이 시야를 가렸습니다. 저 자신도 당황스러울 정도였어요. 아들이 태어난 이후 지금까지 아들과 함께했던 일들이 주마등처럼 하나둘씩 스쳐갔습니다. 무엇보다 모두 아비로서 제가 잘못한 점들만 생각났더랬지요. 그래서 거듭거듭 아들에게 미안하다는 말을 읊조렸습니다. 생각해보니 아버지로서 걸어온 길은 온통 잘못투성이었습니다.

우리집 대표선수!

나에게 돌아오는 시간

아빠는 어릴 적에 우리 아들을 늘 이렇게 불렀었지. 아이 얼굴이던 너의 얼굴이 빡빡머리 장병의 늠름한 모습으로 바뀌었구나. 너와 함께 중산엘 다니면서 도보여행을 하며 아빠는 얼마나 뿌듯하고 행복했는지 모른다.

내 사랑하는 아들아, 씩씩하게 자라 군인이 되어 자랑스럽고 아빠로서 보람을 느낀단다.

앞으로 군인의 의무를 다하면서 명심할 것은 꼭 건강하게 병역의 의무를 다하고 귀가해야 한다는 것이다. 엄마아빠는 이것 하나만 간절히 바라며 늘 기원할 것이다. 천지신명이 늘 우리 아들을 지켜줄 것이니 아무 걱정 말고 담대하게 모든 힘든 훈련을 이겨내길, 이겨내리라 믿는다.

화정에서 세발자전거를 타고 처음으로 엄마아빠 곁을 떠나 분수대를 한 바퀴 돌아오던 네 모습이 자꾸 아른거린다.

사랑한다, 울 아들!

2017.9.18. 아빠가

그날 아들친구(김구영)가 동행해 주었는데 그 아이 역시 일주일 후에 입영할 예정이었습니다. 참 고마운 친구지요! 그 아이가 귀로에 차 안에서 김진호의 노래 '가족사진'을 들려주었습니다. 아들이 노래방에서 자주 이 노래를 불렀다고 했습니다. 그런 노랠 불렀다니 아들도 꽤 철이 들었나 봅니다. 저희 부부는 그만 한동안 울고 말았습니다. 눈물이 주르르 흘러 자칫하면 사고라도 날 뻔했습니다. 아들에게 눈물을 보이지 않으려고 선글라스를 끼고 울음을 참고 있었는데 말이지요…….

그후 아들은 옷가지가 담긴 소포를 보내면서, 부딪쳐보니 생활할 만하고 이내 90퍼센트 적응을 했다는 편지를 보내왔습니다. 군복을 입고 애써 옅은 미소를 띤 아들의 사진을 보고서 그제야 저희 부부도 안도를 할 수 있었습니다.

부모님께.

드디어 입대한 지 일주일이 흘렀고 저의 국방부 시계는 1프로가 지나갔어요. 이제 여기에 거의 90프로 정도 적응을 했어요. 이젠 밥도 많이 먹고 잘 자고 잘 일어나고. 역시 전 부딪혀야 적응되는 건가 봐요.

먹는 건 걱정 안 해도 되요. 여기 취사병이 밥을 얼마나 잘하는지 한 번 먹을 때 거의 2공기 이상의 밥을 먹고 있어요. 1주일 동안 4㎏가 찌는 기적이 일어났는 걸요. 어제 저녁에 성당을 가니 신부가 사회 소식 몇 개 들려주는데 뭐랄까 기분이 이상했어요. 밖에선 되게 자연스럽게 봐오고 들었던 것들을 며칠 후에 들으니까 묘하더라구요. 저의 하루 일과는 2일에 한 번씩 불침번 서고 평일엔 6시에 일어나 저녁 6시까지 일과가 있어요. 밥은 7시 반(아침), 12시(점심), 5시 반(저녁) 이렇게 먹고 있구 주말엔 7시 기상하고 개인정비시간에 할 거 없으면 책도 읽고 편지 쓰고 형 동생들이랑 떠들고…… 이러다 곧 100일 휴가, 어쩌면 그 전에 수료하겠죠.

빨리 10월 31이 되서 보고 싶네요. 집은 다 지어져가고 있죠? 6시에 공사소리 대신에 나팔소리 들으면서 일어나다보니 집이 어떻게 변해가고 있나 궁금해져요. 이제 저녁 먹으러 나갈 시간이라 여기까지 쓸게요. 또 편지할게요.

참, 우표 350원짜리 15개, 400원짜리 10개랑 보내주시고 재훈이 승빈 삼촌, 경수삼촌네 주소 좀 알려주세요. 그럼 진짜 빠이.

2017.9.25. 아들 승현

아들이 보내온 옷가지가 든 소포와 편지를 받은 그날 아내와 인근 삼천사에 가서 쌀 20kg을 대웅전에 보시하면서 아들이 무사하게 훈련소를 거쳐 군복무를 마칠 수 있도록 기원드렸습니다. 이게 부모의 마음인가 봅니다. 지금도 아내는 아들이 생각날 때면 아들이 보내온 소포를 들여다봅니다.

아들을 군대에 보내기 전에 우리 가족은 오랜만에 가족사진을 찍었습니다. 2014년 2월에 찍은 후로 한참만이지요. 저는 결혼하면서 매년 연말쯤 가족사진을 찍겠다고 다짐했는데 그만 공수표가 되고 말았습니다.

깡촌에서 태어난 저는 어릴 때 가족사진이 없습니다. 물론 그 이후로도 없고요. 선친이 고2 때 타계하셨으니 말입니다. 그 이후의 가족사진은 어머니 회갑 때 찍은 사진인데 5남매인 우리 형제들은 식구들이 엄청 늘어났습니다. 결혼 후에 찍은 가족사진은 직장에 다닐 때로 아들이 초등학교에 들어가기 전 단 두 번뿐이었습니다. 돌이켜 생각해보면 왜 그리 바쁘고 황망하게 살았는지 아쉬움이 남습니다. 물론 그동안 아들과 도보여행을 하면서 찍은 사진들은 많이 있지만, 사진사에게 부탁해서 정식으로 찍기는 이번이 네 번째입니다.

아들이 훈련소에 입대하기 전날 저희 부부는 맘먹고 아들과 함께 새 집을 배경으로 맘껏 찍었습니다. 우리 부부는 아들이 완공된 집에서 편히 지내다 가지 못해 못내 아쉬웠습니다. 매일같이 공사소음에 제대로 늦잠도 잘 수 없었습니다. 그런데 아들은 신기하게도 잠을 잘도 잤습니다. 한옥 방은 워낙 작아 침대를 사용하지 않기로 했는데 작은 방 덕분에 훨씬 숙면을 취하기 좋았던 모양입니다.

저는 한옥을 지으면서 방 크기를 줄였고 침대도 모두 없앴습니다. 아들은 대문 옆 동쪽에 자리한 자기 방에서 그나마 달포 동안 숙면을 취했는데, 군복무 기간 동안 아늑한 자기 방을 추억하며 힘든 군사훈련을 이겨내길 바랄 뿐입니다.

《인간이란 무엇인가》라는 책을 쓴 빅터 프랭클은 나치수용소에서 힘든 시기를 견뎌내며 생존할 수 있었던 요인이 '행복한 날의 기억들'이라고 했습니다. 평온한 오후 한가롭게 아내와 거닐던 산책에 대한 단상이나 추운 겨울밤 아늑한 방에서의 추억 같은 것 말이지요. 아들도 자기 방에서의 그런 소소한 기억들을 들추어냈으면 좋겠습니다.

아들이 강한 육체와 함께 아름다운 내면을 살찌우는 시간으로 군생활을 꾸려가길 진심으로 바랍니다. 제대할 때 건강한 모습으로 귀가하길 바랄 뿐입니다. 아비로서 바라는 것은 단지 이것뿐입니다!

제4장

계절은 피고지고…
책 읽고 음악 듣고
영화 보고 … 글쓰기

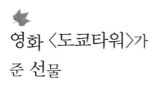

영화 〈도쿄타워〉가
준 선물

'엄마와 나, 때때로 아버지…….'

릴리 프랭키의 소설 《도쿄타워》에는 이런 부제가 붙어 있습니다. 소설을 읽지 않고는 이 말이 무슨 의미인지 잘 모를 것입니다. 저는 눈물을 찔끔찔끔 흘리며 이 소설을 읽고 아내에게 권했습니다. 이제 우리도 이런 소설을 읽고 가족에 대해 한번 생각해볼 나이가 됐다고 생각했기 때문이죠. 당시 아내는 마흔, 저는 마흔 넷이었습니다. 아내에게 이 책을 읽으라고 권한 이유는 자신을 키워준 부모에 대해 그 고마움을 생각하는 기회를 가져보라는 뜻에서였습니다. 소설에서 아이를 키워낸 엄마는 어느새 병든 몸이 되어 있지요. 아들은 그제야 철이 들고 세상으로 나아갑니다.

아들 로마에게도 이 책을 읽어보라고 했습니다. 물론 아들이 다 읽어내기가 쉽지 않은 분량이지만 이런 소설이 있다는 것쯤은 알아둘 필요가 있을 것 같아 그렇게 권했던 것입니다. 때마침 이 소설이 영화로 만들어져 개봉을 했습니다. 개봉하면 아내와 꼭 같이 보기로 약속했기에 우리 가족은 소설의 감동을 다시 한 번 확인하고 싶어 영화관으로 달려갔습니다.

소설은 한 아이의 성장사입니다. 그런데 엄마와 아버지가 함께 살지 않습니다. 책에는 시어머니와 며느리가 사이가 안 좋아 결국 아이가 어릴 때 시댁을 나와 사는 것으로 묘사되어 있습니다. 엄마와 아들은 아버지와 살던 집을 나와 외할머니가 사는 시골로 가 함께 살게 됩니다. 이때부터 아버지는 '때때로 아버지'가 됩니다. 아이는 방학 때면 아버지가 사는 집에 며칠씩 머물기도 합니다. 아버지는 끝내 다시 한 가족으로 살지는 못하지만 '때때로 아버지'와 모자가 엮어내는 이야기는 함께 사는 가족들 이야기 못지않게 감동적입니다.

저는 이 영화를 보면서 먼저 엄마가 아이를 떠나보내는 장면에서 눈물을 찔끔거렸습니다. 탄광촌에서 중학교를 마친 아이는 고등학교에 다니기 위해 어머니를 떠납니다. 그날 아침 어머니는 김으로 감싼 주먹밥을 정성스럽게 종이 도시락에 담아 처음으로 엄마를 떠나 낯선 곳으로 향하는 아들에게 건네줍니다. 아들은 기차 안에서 도시락을 꺼내다 밑에 있는 엄마의 편지를 발견하고 그것을 읽으면서 그만 목이 메어 눈물을 흘리고 맙니다. 편지에는 처음부터 끝까지 아들 걱정을 하는 엄마의 바람이 적혀 있었죠. "네가 고등학교에 합격해서 정말 기뻤다. 엄니 일은 걱정하지 말고 몸 건강하게 열심히 공부해라." 아들은 울컥울컥 하면서 주먹밥을 먹습니다.

〈정복자 펠레〉라는 영화를 보면 마지막 장면에서 아버지와 아들의 이별장면이 바닷가를 배경으로 펼쳐집니다. 바다 건너 세계를 정복하겠다며 농장을 떠나는 아들 펠레. 멀리 떠나보내지 않으면 아들은 시골에서 아버지처럼 노예 같은 삶을 살아갈 수밖에 없기에 늙은 아버지는 아들을 더 넓은 세상으로 떠나보냅니다. 하얀 눈보라가 치는 그 마지막 장면을 보면 절로 가슴이 먹먹해지면서 눈시울을 적시게 됩니다. 부자간의 이별 장면과 함께 나오는 엔딩 곡이 가슴을 아릿하게 합니다. 부모라면 꼭 한번 봐야 할 영화가 아닐까 생각합니다.

부모와 자식은 언젠가 헤어져야 할 사이입니다. 우리는 그걸 알면서도 때로는 언제나 자식이 곁에 있을 거라고 착각하기도 합니다. 시차의 차이가 있겠지만 모든 부모들은 자식을 떠나보내지 않으면 안 됩니다. 요즘은 조기유학이다 뭐다 해서 너무 일찍 아이를 떠나보내 오히려 문제가 되기도 하죠.

제가 아내에게 이 책을 보라고 한 것은 자식을 떠나보내야 하는 부모의 입장도 있지만 아내를 키워준 부모님을 한번 생각해보라는 측면이 더 컸습니다. 지난여름 장모님이 갑자기 계단을 오르내릴 때 숨이 차서 힘들어 한다는 이야기를 듣기도 했으니까요.

엄마는 암으로 임종하기 전에 엄마가 죽은 후에 열어보라고 하면서 아들에게 밀봉한 작은 상자를 건네줍니다. 상자에는 젊은 시절 엄마가 갓난 아들을 안고 환한 웃음을 짓는 사진이 들어 있었습니다. 아이를 안고 있는 엄마의 모습만큼 행복한 사진이 있을까요. 이 영화를 보고 저도 그런 사진이 있는지 찾아보았는데, 다행히도 어린 아들을 안고 환하게 웃고 있는 젊은 아빠가 있어 얼마나 행복했는지 모릅니다.

소설에서 아들은 엄마의 속을 무던히도 썩입니다. 고교 때부터 공부는 뒷전이고 대학을 들어가서도 마찬가지입니다. 결국 졸업을 제때 못 하다가 엄마의 강권에 마지못해 대학을 졸업하지만 그때부터 또 백수입니다. 아버지는 백수를 하려면 5년 정도는 '반드시' 백수로 지내라고 주문을 합니다. 참 철없는 아버지라고 생각할 수도 있지만 저는 이게 제대로 자식교육을 시키는 거라고 생각합니다. 백수로 5년 동안 지내다보면 일을 하고 싶어 근질근질한 상태가 됩니다. 아버지의 말뜻은 세상의 바닥까지 경험해봐야 한다는 거죠. 약이 잔뜩 올랐을 때야 비로소 일을 해야겠다는 자세가 나올 수 있다는 것입니다.

그 사이에 엄마는 늙어가고 결국 암이 몸속으로 찾아들었습니다. 아들과 도쿄에서 지낸 시간은 짧지만 엄마는 아들에게 맛있는 음식을 해주면서 도쿄에서의 삶을 부축해줍니다. 음식이야말로 엄마가 아들에게 해줄 수 있는 최고의 선물이죠. 집에는 엄마가 차려주는 음식을 먹으려고 친구들이 늘 찾아옵니다. 사람이 찾아오는 집이야말로 행복한 집입니다.

자녀교육에 성공한 어머니들의 공통점 중 하나를 꼽으라면 자녀에게 음식을 잘 해주는 것입니다. 아이의 친구가 집에 오면 정성이 깃든 음식으로 한 상 차려줍니다. 온정 어린 따뜻한 음식은 아들에게도 그 친구에게도 모르는 사이에 '영혼을 위한 닭고기 스프'로 새겨질 겁니다.

아내는 영화를 본 다음날 무슨 생각에서인지 장모님께 전화를 걸었습니다. 아마도 영화의 감흥으로 새삼스레 부모님 생각이 더 났나 봅니다. 때마침 장모님은 감기가 걸려 한 달 동안 고생하고 있었다고 합니다. 아내는 일산에 있는 대학병원에 급히 예약을 하고 그날 아침 병원으로 장모님을 모시고 갔습니다. 그런데 낮에 아내에게서 전화가 왔습니다. 장모님 맥박이 30회까지 떨어져 하마터면 큰일 날 뻔 했다면서 입원을 해야 할 정도로 심각한 상태라고 했습니다. 자다가 자칫 맥박이 꺼질 수도 있는 위험한 상태였습니다.

결국 장모님은 심장에 맥박을 정상상태로 유지해주는 박동기를 다는 수술을 했습니다. 장모님은 아내가 아니었다면 어떻게 됐을지 알 수 없었다며 안도의 숨을 내쉬었습니다. 결국 장모님은 우리 가족이 본 〈도쿄타워〉 덕분에 새 생명을 얻을 수 있었습니다. 참 우연치곤 고마운 우연이죠.

이런 일이 있고 얼마 후, 아들에게 깜찍한 선물을 받았습니다. 12월 초에 있는 우리 부부의 결혼기념일에 맞춰 선물을 내밀었던 것입니다. 그런데 그 선물이 저를 웃게 만들었지요. 취재수첩과 볼펜, 그리고 영어와 한글로 적은 축하편지였습니다. 그 전 해에는 노트를 선물로 받아서 일기장으로 썼는데, 이번에는 취재수첩을 주더군요. 12살짜리 아이가 며칠 전부터 영어사전을 뒤적이며 준비를 한 게 너무 대견해 저희 부부는 오랜만에 사는 보람을 느꼈습니다. 그랬던 것이 이제는 세월이 흘러 우리 부부는 결혼기념일이 되어도 무던해져서 별다른 이벤트 없이 지나가도 아무렇지 않은 지경(?)까지 이르고 말았습니다! 신혼 초에는 설악산까지 가곤 했는데…….

가끔 저희 부부는 왜 12월에 결혼했을까, 자주 투덜거립니다. 추운 날이어서 뭐 이벤트나 세리머니를 할 게 마땅히 없으니까요. 결혼은 뭐니 뭐니 해도 꽃피는 봄날에 해야 한다고 우리는 넋두리처럼 말하곤 합니다. 겨울에 하느라고 남들 다 하는 야외촬영도 못했습니다. 결혼할 당시에는 그게 귀찮았는데, 지나고 보니 그런 게 아니더라구요. 언젠가 꽃피는 봄날에 리마인드 웨딩을 하고 싶습니다.

겨울바람, 문풍지……
다시 겨울을 보내며

차가운 겨울날에는 따뜻한 방에서 차를 마시며 음악을 듣고 싶어
집니다. 그런데 신문을 보다 추위만큼이나 정신을 확 들게 하는 기
사를 보았습니다.

"예전에는 무대에서 피아노를 열 때 88개의 건반이 상어 이빨처
럼 보였어요. 그러나 이제는 서핑을 하듯 파도를 타는 법을 배웠어
요. 스트레스 없이 즐길 수 있는 공연은 처음이었습니다."

라흐마니노프의 〈피아노협주곡 2번〉을 연주한 피아니스트 서혜
경의 인터뷰 기사를 읽다 이 대목에서 가슴이 서늘해졌습니다. 소설
《만다라》의 작가 김성동은 한 인터뷰에서 매번 글을 쓸 때마다 공포
수준의 두려움을 느낀다고 했습니다. 《남한산성》으로 유명한 김훈
작가도 소설을 쓸 때 토씨 하나까지 신중에 신중을 기한다고 하지요.
대가들은 보이지 않는 고통을 껴안고 이를 이겨내면서 음악가는 음
률을, 작가는 문장을 통해 그 정신을 보여준다는 생각을 했습니다.

라흐마니노프의 〈피아노협주곡 2번〉을 유튜브에서 검색해 들어
봅니다. 장중미가 느껴지는 1악장을 듣고 있노라면 저도 모르게 클
래식이 좋아집니다. 서혜경은 암을 이겨내고 손과 어깨가 마비되는
고통을 뛰어넘어 피아노 앞에 앉았다고 합니다.

아침에 일어나면 습관처럼 클래식을 듣습니다. 아침을 클래식으
로 시작하면 마음이 차분해지고 열정이 일어나는 것 같습니다. 아침
에 가요나 팝송을 들으면 그 가사에 얽매이게 되고 때로 우울한 기
분에 휩싸이기도 합니다. 그래서 특히나 아침에는 클래식 가운데 경
쾌한 합주곡이나 합창곡이 제격입니다.

클래식을 가까이하게 된 것은 대학을 졸업하고 첫 직장에 다닐 때
였습니다. 그때는 사무실에 외판원이 들락거리곤 했습니다. 한번은
외판원 여성이 다가와 클래식 LP전집을 사라고 했습니다. 그때 구
입한 50장짜리 음반을 거의 매일 반복해서 들었습니다. 결혼을 해서
이사를 수없이 다니면서도 그것만은 반드시 챙겨 다녔지요. 그러다
보니 어느 순간부터 클래식과 친해지게 됐습니다.

때로는 가요나 팝을 들을 때의 번잡함이 싫기도 합니다. 물론 가
끔은 질박한 트로트를 듣고 싶을 때도 있죠. 그럴 때면 저는 유튜브
에서 트로트나 다른 가요를 듣곤 합니다. 또 어떤 때는 가야금과 같
은 전통의 멜로디를 탐할 때도 있습니다. 장사익의 〈찔레꽃〉 같은
종류의 음악이나 황병기의 〈달하 노피곰〉 같은 연주도 좋구요. 인디

언 음악인 〈Calling to the shadow〉와 같은 연주곡을 들으면 명상의 세계로 빠져드는 듯합니다. 음악은 살아가면서 꼭 친해져야 하는 친구와 같다고 할까요.

클래식에서는 엄격한 절제미와 조화미가, 가요에서는 순간적으로 적셔주는 감정의 고조가 좋습니다. 그 순간을 몰입할 수 있게 해줍니다. 요즘 '몰입'이란 단어가 새삼스럽게 다가옵니다. 무엇이든지 몰입을 한다면 최고의 상태를 경험할 수 있고 최고의 결과물을 내놓을 수도 있습니다. 그 결과물은 다시 제2, 제3의 결과물을 가져오게 하는 중간재가 되기도 하고 삶을 고양시키는 촉매제가 되기도 합니다.

갑자기 추워진 영하의 겨울, 라흐마니노프의 〈피아노협주곡 2번〉을 들으며 문득 기형도 시인의 시가 생각납니다.

내 유년 시절 바람이 문풍지를 더듬던 동지의 밤이면 어머니는 내 머리를 당신 무릎에 뉘고 무딘 칼끝으로 시퍼런 무를 깎아주시곤 하였다. 어머니 무서워요 저 울음소리, 어머니조차 무서워요. 얘야, 그것은 네 속에서 울리는 소리란다. 네가 크면 너는 이 겨울을 그리워하기 위해 더 큰 소리로 울어야 한다. 자정 지나 앞마당에 은빛 금속처럼 서리가 깔릴 때까지 어머니는 마른 손으로 종잇장 같은 내 배를 자꾸만 쓸어내렸다……

이 시에서 "네가 크면 너는 이 겨울을 그리워하기 위해 더 큰 소리로 울어야 한다"는 구절을 읽을 때마다 울컥하는 느낌을 받습니다. 아마도 문풍지를 울리는 바람소리를 들어본 적이 있다면 이 시를 더 가슴으로 이해할 수 있겠지요.

지난 주 시골에서 자다 기형도 시인이 쓴 시에서처럼 겨울바람 소리를 들었습니다. 아내는 겨울바람 소리라고 하자 이해하지 못하겠다는 반응을 보입니다. 아마도 시골에서 어린시절을 보내지 않은 사람은 겨울산을 휘몰아치며 울부짖는 듯한 그 바람소리를 마음으로 듣지 못할 것입니다. 저는 어린시절 온통 산뿐이어서 큰 세상이 그립던, 그런 곳에서 자랐습니다. 이제는 그 시절도 기억조차 희미합니다.

어느 머언 곳의 그리운 소식이기에

이 한밤 소리 없이 흩날리느뇨.

처마 밑의 호롱불 야위어 가며

서글픈 옛 자취인 양 흰 눈이 내려

하이얀 입김 절로 가슴이 메어

마음 허공에 등불을 켜고

내 홀로 밤 깊어 뜰에 내리면,

머언 곳에 여인의 옷 벗는 소리.

김광균 시인의 〈설야〉입니다. 마지막 '머언 곳에 여인의 옷 벗는 소리'는 눈 내리는 정경을 묘사한 것입니다. 젊은 날 이 시를 읽으면서 '이렇게도 표현할 수 있구나' 하고 생각한 적이 있었습니다.

　불현듯 젊은 날의 한 장면이 떠오릅니다. 스물한 살, 눈이 오는 어느 겨울밤 홍제동 달동네에 있는 친구 집엘 찾아갔습니다. 친구의 어머니는 아들의 친구에게 늦은 밤에도 불구하고 늘 따뜻한 밥상을 차려 주었습니다. 그 친구의 포근한 방과 그 어머니의 따뜻한 밥상은 오래도록 저의 객지 생활을 지탱해준 온기가 되었습니다. 물론 지금도 그 숱한 겨울밤과 친구와 어머니가 그립고 생각납니다. 추운 밤, 늦은 손님을 따뜻하게 맞이해준 그 어머니에 대한 고마움은 결코 잊지 못할 것입니다. 20대 시절 그곳은 저의 천국이었습니다. 한두 평 남짓한 친구의 방과 작은 집은 비록 옹색한 달동네였지만 그 어느 집보다 아늑한 오이코스(Oikos, 집)였습니다. 안온했던 그곳에 지금은 거대한 아파트단지가 들어서 있습니다.

　제 아들도 청년이 되어 요즘에는 친구들을 집에 데리고 옵니다. 그때마다 저는 아내에게 대학시절 제게 밥상을 차려주시던 친구의 어머니 이야기를 들려주면서 아들 친구들에게 따뜻한 밥상과 술상을 한상 차려주라고 말해줍니다.

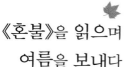

《혼불》을 읽으며
여름을 보내다

君君臣臣父父子子!

논어에는 임금은 임금다워야 하고 신하는 신하다워야 하고 아버지는 아버지다워야 하고 아들은 아들다워야 한다는 말이 있습니다. 그런데 여기서 역순은 불가능하지요. 아버지가 아버지다워야 아들도 아들다워지는 법입니다. 윗물이 맑아야 아랫물도 맑아진다는 말은 아마도 여기서 나온 말이 아닐까요.

여름은 여름다워야 합니다. 이 말을 논어 식으로 표현하자면 '夏夏'이겠죠. 여름답다는 것 중의 하나가 바로 푹푹 쪄야하는 것입니다.

문득 어릴 적 무더운 여름날, 부엌 입구 한쪽에 솥을 걸고 어머니가 저녁을 짓던 기억이 떠올랐습니다. 여름에는 아궁이에 불을 지피면 구들방이 뜨거워지므로 임시 아궁이에 솥을 걸고 밥을 했던 것입니다. 그 아궁이에서 어머니가 지어주시던 저녁 수제비나 칼국수의 맛은 지금도 잊히지 않습니다. 병상에 누워계신 어머니는 그때 가족을 위해 수제비를 끓이던 때가 생각날까요? 아마도 그때가 어머니의 전성기가 아니었을까, 온 가족이 둘러 앉아 평상에서 칼국수를 함께 먹던 그때가 아마도 우리 가족의 전성기가 아니었을까, 불현듯 그런 생각이 듭니다. 지나고 보면 아주 사소한 일상이 훗날 더없이 소중하게 생각되기도 합니다. 다시는 올 수 없는 날들이기에 말이지요.

요즘 최명희의 《혼불》을 읽고 있습니다. 《혼불》은 남원의 한 종가의 이야기를 재현해 놓은 작품으로 구한말을 배경으로 하여 한 종부의 삶을 그려내고 있습니다. 결혼을 해서 시댁에 오기도 전에 청상과부가 된 청암부인의 이야기가 중심인데, 양자로 들어온 이기채와 그 아들 강모, 강모의 처 효원, 강모가 사랑한 사촌 강실 등의 애달픈 이야기가 펼쳐집니다.

강실은 강모가 사랑한 비운의 여인으로 나옵니다. 총각으로 죽은 강수의 혼령이 결혼하는 날, 강모는 강실을 범합니다. 그 후 강모는 떠나고 남은 강실은 강모를 떠나지 못합니다. 그러다 넋을 놓게 되고 이 틈을 타 종의 신분인 춘복이란 사내가 강실을 또 범합니다. 강실은 그만 임신을 하게 되고 목숨을 끊으려고 합니다. 이 소설은 청암부인과 함께 강실의 이야기가 또 다른 축을 이루는데 누이동생 같은 가련한 강실을 따라가다 보면 측은지심에 목이 메기도 합니다.

인상 깊은 대목을 하나 소개하겠습니다. 식구들이 불어나는 장면입니다.

이기채가 아직 나이 어려 대여섯 살 먹었을 때는, 청암부인 혼자 덩
그렇게 앉아 양자 기채의 묵은세배를 받고, 두 모자 마주 앉아 무릎
깎아 먹었다. 그리고 십여 년이 지나 그가 성혼하였을 때는 새각시
율촌댁과 나란히 부인의 무릎 앞에 앉았고, 해가 지나 딸 강련이와
아들 강모가 자라나면서부터는 설날이 참으로 꽃봉오리처럼 화사
해졌다.

"내 이제는 세상에 부러울 것이 없다."

청암부인은 진심으로 그렇게 말했었다.

"나는 복이 많은 사람이라."

부인은 느꺼운 심정을 가누지 못하고 소리 없이 낙루하였다.

"온 방 안이 가득 다 내 식구로구나."

청암부인은 아들 내외, 손자 내외, 그리고 이제 곧 날이 풀리고 봄
이 오면 태어날 어여쁜 증손자를 마치 감고 싸서 장롱 속에 깊이 간
수해둔 보물을 남모르게 꺼내 보듯이 하나하나 눈여기어 이윽히 바
라보기도 하였다.(5권, 19-20쪽)

　노년의 즐거움이란 다복한 즐거움보다 나은 게 없다고 합니다. 아
이가 생겨나고 가족이 늘어나는 것만큼 즐거운 일이 또 있을까요.
힘든 시절을 견디어 노년에 마침내 이렇듯 다복한 가족을 일구어 냈

으니 청암부인의 느꺼운 낙루가 깊은 공감을 불러 일으킬 수 밖에요.

그래서 책을 읽을 때 표시를 해두었다가 노트북에 인상 깊은 구절을 옮겨 적었습니다. 이를 초서라고 하는데 저는 이 방법으로 깊이 있는 책 읽기에 큰 도움을 받고 있습니다. 생산적 책 읽기를 위한 기초 작업이라고 할까요. 마음의 양식이 되고 글쓰기의 양식도 됩니다.

소설 《혼불》에서 주인공인 청암부인은 불행하게도 첫날밤조차 제대로 보내지 못하고 그만 십대에 과부가 되지요. 이른바 묵신행(혼례 후 신부는 친정에 두고 신랑만 본가에 돌아온 후 1~3년 후에 신랑 집으로 신부를 데려오는 풍습)의 풍습에 따라 남편이 신부 집에 가서 결혼식을 올리고 본가로 돌아가는데 도중에 열병으로 죽고 만 것입니다. 소설은 청암부인이 남편도 없는 시댁으로 오면서부터 시작되는데 부인은 억척같은 종부의 삶으로 스러져가는 종가를 재건하고 천석지기 이상의 부를 축적합니다.

사람은 누구나 앞모습에 신경을 씁니다. 심지어 고약한 얼굴을 화장으로 가리기도 하지요. 또 누구나 드러나는 실적을 중시합니다. 보이는 것이 '착시'를 일으킬 수도 있지만 그것도 능력으로 치부되기도 하지요. 그러다 어느 순간 그 사람의 참모습이 드러날 때가 있습니다.

"전상(前相)이 불여(不如) 후상(後相)이라"고 하여, 사람의 앞모습

나에게 돌아오는 시간

좋은 것이 뒷모습 좋은 것만 못하며, "후상이 불여 심상(心相)이라"
고 하여 뒷모습이 아무리 보기 좋아도 그 사람 마음의 모습이 바르
고 훌륭한 것만 못하다 했다.

청암부인은 아들 이기채에게 바로 '심상'의 중요성을 일깨워주기
위해 이렇게 말합니다. 전상, 즉 앞모습과 더불어 후상, 즉 뒷모습을
챙기고 나아가 심상, 즉 마음의 모습까지 관리할 수 있다면 그게 바
로 사람을 얻는 길이요, 격이 있는 삶의 길이라는 것입니다. 박경리
의《토지》에는 "사람은 죽어 관 뚜껑을 닫아봐야 그 진면목을 알 수
있다"는 대목이 나옵니다. 이 역시 보이는 것이 전부가 아니라는 경
구라고 할 수 있습니다.

어쩌면 사람이나 가문이나 '격(格)'은 드러나 보이는 부분보다 드
러나지 않는 부분에 달려 있다고 할 수 있을 것입니다. 사람에게도
격이 있듯이 가문에도 격이 있고 나아가 국가에도 격이 있기 마련
이지요. 전상과 후상, 나아가 심상까지 관리하지 않는다면 오랜 시
간 후광을 드러내는 명성을 얻을 수 없습니다. 이는 사람뿐만 아니
라 기업, 나아가 국가에도 그대로 적용된다 해도 지나친 말이 아닐
것입니다. 앞모습도 실해야 하지만 뒷모습이 더 실한 사람, 나아가
마음의 모습이 더 실한 사람이 그리운 시절입니다.

《혼불》에 이런 글도 나옵니다.

"내 가슴이 내 양식이라

내 마음이 나의 시량(柴糧)인즉"

소설에서 주목을 끄는 부분은 종의 신분을 뛰어넘기 위한 집념 가득한 춘복의 일생입니다. 과연 춘복은 양반의 딸에게 자식을 심는 데 성공하였지만 이후 그의 염원이 이루어질까요.

깊어가는 여름, 자신의 뒷모습, 마음의 모습을 그려보면서 한번 재미삼아 소설《혼불》을 읽어보시기 바랍니다.

나에게 돌아오는 시간

부지런한 사람은 일생
세 번의 집을 짓는다?

지난여름 한승원의 소설 《다산》을 읽었는데, 오늘은 꼬깃꼬깃 표시해 둔 중요한 문구들을 노트북에 옮겨 초서를 했습니다. 책을 읽고 난 후 한두 시간을 투자하여 초서를 해두니 내용이 쉬이 잊히지 않고 다시 한번 의미를 새길 수 있어 아주 유용합니다. 이전에는 노트를 마련해 책을 읽으면서 적고 싶은 부분을 적고는 했는데 오래가지 못했습니다. 읽을 때의 흥이 끊기고 또 노트에 기록해 놓아도 활용하기가 쉽지 않았습니다. 메모할 때뿐인 메모였습니다. 그러다 노트북에 옮기면서부터 기록도 쉽고 활용도도 높아져 더 생산적인 느낌을 받습니다.

이 중에서 인상 깊은 한 부분을 소개하겠습니다.

"사람은 평생 열심히 살면 세 채의 집을 짓는다."

저는 이 말이 가슴에 퍽 와 닿았더랬습니다. 그래서 앞으로 열심히 살아 집을 꼭 세 채는 짓겠다고 다짐 아닌 다짐을 했습니다. 세 채까지는 못 된다 해도 적어도 마음에 꼭 맞는 집 한 채 정도는 소원하며 열심히 살아봐야겠단 생각이 들었지요.

이 소설에는 다산이 제자 황상에게 그윽하게 사는 사람의 모습에 대하여 써 준 글이 소개되어 있습니다. 〈숨어사는 자의 모습〉이라는 제목의 글은 사랑하는 제자인 황상에게 쓴 글이지만 어쩌면 다산 자신의 꿈이었을지도 모른다는 생각이 들었습니다. 유배지에 사는 자신으로선 가망 없는 꿈이었으므로 황상에게 대신 간절한 마음을 전한 것으로 보입니다.

집 짓고 살아갈 땅은 산수가 아름다운 곳을 선택해야 한다. 커다란 강과 산이 어우러진 곳은 좁은 시내(川)와 자그마한 동산이 어우러진 곳만 못하다.

그 좋은 땅으로 들어가려면 골짜기를 따라 들어가야 하는데 그 어귀에는 깎아지른 절벽에 기우뚱하게 서 있는 바위들 몇이 있어야 한다. 조금 더 안으로 들어가면 병풍이 펼쳐지듯 시계가 환하게 열리면서 눈을 번쩍 뜨이게 해주는, 이런 곳이라야 복된 땅이다. 한가운데 땅의 기운이 맺힌 곳에 띳집 서너 칸을 정남향으로 짓는다.

방 안에는 책꽂이 두 개를 설치하고 거기에는 1천3,4백 권의 책을 꽂아야 한다. 책상 아래에는 까만 동으로 된 향로를 놓아두고, 아침 저녁으로 향을 하나씩 피운다. (다산2, 181-3쪽)

누군들 이런 집을 짓고 살고 싶지 않을까요. 대부분 사람, 특히 고향을 시골에 둔 남자들이 품을 수 있는 로망일 것입니다. 저의 로망이기도 하구요. 하지만 이제 이런 곳이 있을까, 하는 생각이 듭니다.

지금 생각해보면 어린시절에 고향은 벗어나야 하는 곳이었습니다. 고향을 벗어나 생활하는 지금, 그 고향은 이제 돌아갈 수 없는 곳이 되고 말았습니다. 고향에 가면 오히려 고향이 더 그립습니다. 옛 고향은 이제 만나볼 수 없기 때문이지요. 이문열의 소설 《그대 다시는 고향에 가지 못하리》를 보면 우리 세대는 고향에 돌아갈 수 없는 마지막 세대입니다. 이전에는 돌아갈 수 있는 곳, 고향이 있었지만 이제는 다시 돌아가려고 해도 낯선 고향이 되었습니다.

"정말 아파트는 야만적인 곳이야." 때로 탄식처럼 아내에게 이런 푸념을 합니다. 가끔 아래위층에 사는 사람들의 일상을 생각하면 끔찍한 생각이 들지요. 물론 이런 생각을 자주 하면 아파트에서 살아가기 힘들 것입니다.

그럴 때마다 다산이 쓴 이 편지가 생각납니다. 다산이 쓴 〈숨어사는 자의 모습〉을 읽으면 마음이 넉넉해집니다. 그러면서 다시 집에 대한 오래된 로망을 그려봅니다. 하지만 다산이 꿈꾼 은둔자의 삶과 그 삶터는 현대인에게는 이룰 수 없는 소망이 아닐까요.

한승원의 《다산》을 보다가 여기에 언급된 《시경》에 이끌려 당장 사서 읽고 있습니다. 2천5백 년 전이나 지금이나 인간이 살아가는 모습은 전혀 다르지 않음을 새삼 느낍니다. 오히려 그때가 더 인간적이라는 생각이 듭니다. 사랑하고 미워하고 싸우고 사랑을 잃고 그리워하고 죄악에 빠지고 파멸하고……. 머리맡에 두고 때때로 읽는데 마음 또한 넉넉해지곤 합니다. 이게 독서의 매력이 아닐까요.

《시경》을 읽다 좋아하는 시를 발견했는데 〈학명鶴鳴〉이라는 시입니다. 그 시에는 학이 때로는 깊은 연못 속에 침잠하기도 하고 때로는 세상을 향해 긴 울음을 내기도 하는 것에 빗대어, 사람도 때로는 은둔이 필요하기도 하고 또 세상을 향해 자신의 목소리를 내야 한다고 노래합니다.

　　높은 언덕에서 학이 우니/ 그 소리가 들판에 들리네./

　　물고기가 깊은 연못에 잠겼다가/ 이따금 물가로 나오기도 하네.(중략)

　　높은 언덕에서 학이 우니/ 그 소리가 하늘에 들리네./

　　물고기가 물가에 있다가/ 이따금 깊은 연못에 잠기기도 하네.

'학의 울음소리'는 은자가 숨어 살더라도 그의 덕과 이름이 널리 퍼짐을 뜻한다고 부연하고 있습니다. 물고기가 연못 속에 잠겼다가

나에게 돌아오는 시간

밖으로 나타나는 것은 군자가 뜻을 얻어 세상에 나가 활동하다 시세가 허락하지 않으면 물러나 자기 한 몸을 닦는 태도를 비유한 것이지요. 사람들은 너나없이 잇속과 권세를 탐하는데 그 욕망이 대부분 화를 부르기도 합니다. 그래서 누구나 권력에의 욕망을 절제할 필요가 있는데 그럴 때에 '학명'이란 시가 제격이 아닐까 합니다. 저는 때때로 이 시 한 수를 읊조리며 욕망을 다스리기도 하고 다시 살아갈 힘과 여유, 위안을 스스로 얻기도 합니다.

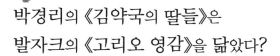

박경리의 《김약국의 딸들》은
발자크의 《고리오 영감》을 닮았다?

"부모는 자식에게 생명을 주지만 자식은 부모에게 죽음을 준다."

　얼마 전에 '마침내' 오노레 드 발자크의 소설 《고리오 영감》을 완독했는데요. 이 소설에 이러한 구절이 나옵니다. 발자크는 1835년 서른여섯의 나이에 이 소설을 썼는데 그 젊은 나이에 이런 표현을 할 수 있다니, 대단한 사유의 깊이를 느낀 건 비단 저뿐만이 아니겠지요. 그 전에는 줄거리를 알고 있기에 글쓰기의 필요에 의해서 부분발췌를 해서 읽었는데, 역시 소설이든 무엇이든 책 읽기의 즐거움은 '완독'에서 오는 것임을 새삼 깨달았습니다. 《고리오 영감》은 《김약국의 딸들》과 함께 자녀를 둔 부모라면 한번쯤 읽어볼 만한 소설입니다. 특히 '딸바보' 아빠라면 강추하고 싶습니다.

　성공한 제면업자 고리오 영감은 두 딸 아나스타지와 델핀을 애지중지 키워 귀족과 자산가에게 거액의 지참금과 함께 결혼을 시켜 보냅니다. 하지만 이후 고리오는 두 딸에게 처절하게 버림받고 쓸쓸하게 죽어간다는 내용이죠.

그런데 박경리의 《김약국의 딸들》도 《고리오 영감》과 참 닮아 있습니다. 격변하는 사회 환경과 그 속에서 살아가는 인간군상의 여러 운명이 그려진 점이 닮았고, 박경리 선생 역시 《김약국의 딸들》을 36세인 1962년에 썼다는 점도 일치합니다. 같은 나이에 이런 작품을 쓴 대가들이라니 우연치고는 부합되는 점이 많다는 생각이 듭니다. 어쩌면 박경리 선생이 《고리오 영감》을 읽고 같은 나이에 《김약국의 딸들》과 같은 소설을 쓰겠다고 다짐한 것은 아닐까, 엉뚱하게 그런 생각을 해봅니다.

소설 《김약국의 딸들》은 통영을 배경으로 펼쳐지는 김약국 가문의 이야기로 아버지 김약국과 용숙, 용빈, 용란, 용옥 그리고 용혜라는 다섯 자매의 이야기가 파란만장합니다.

시집갈 때 반짇고리까지 가지고 간 맏딸 용숙은 아버지가 죽고 가문을 정리할 때에도 사흘에 걸쳐 가재도구를 자신의 집으로 챙겨 가져갑니다. 그 탐욕에 혀를 내두를 정도입니다. 용숙은 과부입니다. 인생이 박복하죠. 둘째 용빈은 서울에서 공부하고 교사를 하는 딸로, 자매들 중에서 그나마 인텔리입니다. 셋째 용란은 광기에 사로잡히고 맙니다. 결혼을 하기 전에 머슴의 아들인 한돌이와 놀아나다 그만 아편쟁이이자 성불구자인 부잣집 아들에게 강제로 시집을 가지만 그것이 불행의 시작입니다. 결국 미쳐버리지요. 넷째 용옥은 애처롭기 그지없습니다. 늘 아버지를 위하는 딸인데 집사역할을 하는 기두에게 시집을 갑니다. 나중에 시아버지가 급간을 하려하자 집을 뛰쳐나와 남편이 있는 부산으로 갑니다. 그때는 친정이 몰락하고 남편은 부산에 취직을 해 떨어져 살고 있었습니다. 그날따라 남편인 기두는 가족을 보러 통영으로 오면서 엇갈리게 됩니다. 결국 그날 밤 배가 전복돼 아들을 안은 채 용옥은 죽고 맙니다.

박경리 선생의 소설을 읽고 있으면 등장인물 하나하나의 영혼을 느낄 수 있습니다. 그 영혼이 안고 있는 문제는 바로 우리 자신의 문제이자 우리들 모두의 문제로 다가옵니다.

"옛말에 자식 앞세우고 길을 가면 배가 고파도, 돈을 지니고 가면 배 안 고프다 안 카드나. 이팔청춘이 잠깐이제. 눈 깜빡하는 사이제."

《김약국의 딸들》에 나오는 이 표현은 모두에 언급한 발자크의 표현과 닮아 있지 않은지요. 박경리는 유고시집 《버리고 갈 것만 남아서 참 홀가분하다》에서도 〈어머니가 사는 법〉이라는 시에서 이런 언급을 다시 하지요.

두 소설에서처럼 돈과 이익만을 추구하는 행위는 가정생활을 파괴하여 아내와 남편, 아버지와 딸, 형제와 아우, 자매를 이간하기도 합니다. 결혼과 사랑을 동일한 사업으로 간주하면 인간적인 윤리와 미덕은 황금만능주의에 질식당합니다. 발자크는 소설《외제니 그랑데》에서 "행복은 천국에만 있다"라고 강조합니다. 이 경구를 우리 모두가 가슴속에 되새기면서 가정의 행복방정식을 찾아가야 하지 않을까요. 어쩌면 돈이야말로 행복방정식을 파괴하는 가장 주된 요인이라고 발자크와 박경리의 소설은 역설하고 있는지도 모릅니다.

오늘은 문득 박경리 선생의 삶을 생각해봅니다. 선생은 글쓰기를 삶으로 하는 이들에게 여러 교훈을 줍니다. 선생은《토지》2부 집필을 끝낸 1980년 돌연 서울 정릉생활을 접고 원주로 떠납니다. 아마도《토지》를 쓰면서 모든 에너지가 고갈되지 않았을까 생각됩니다. 당시 55세였으니까요. 연세를 고려하지 않더라도 대하소설을 쓰면서 모든 에너지를 다 쏟아부었을 것은 자명하지요. 그때 어디론가 떠나고자 하는 마음이 불같이 일지 않았을까요? 저만 해도 반복되는 글쓰기와 일상의 사소한 의무나 얽매임으로 인해 때로는 훌쩍 떠나고 싶은 생각이 간절하니까요. 그 원주로의 떠남이 박경리 선생이 이후 15년에 걸쳐《토지》를 완간할 수 있게 한 힘이 되었으리라 생각합니다. 떠나지 않으면 얻을 수 없고, 때로는 모든 것을 잃을 수도 있다는 경구처럼 말입니다.

쓰고 싶어 쓰는 작가
VS 돈 때문에 쓰는 작가

요즘은 글쓰기의 괴로움이 느껴질 정도로 쓰고 또 쓰고 있습니다. 문득 쇼펜하우어가 쓴 《문장론》에 나오는 글이 생각납니다. 쇼펜하우어에 따르면, 저술가에게는 두 가지 유형이 있습니다. 사물의 본질을 밝혀내기 위해 글을 쓰는 사람과, 무언가를 쓰기 위해 사물을 관찰하는 사람이죠. 첫 번째 유형의 저술가는 고유의 사상과 경험을 소유한 사람으로서 이를 독자에게 전달하는 데 글쓰기의 가치를 둔다고 합니다. 그러나 두 번째 유형의 저술가는 돈을 목적으로, 즉 돈을 벌기 위해 글을 쓴다는 것입니다. 따라서 그들은 무언가를 쓰기 위해 사고한다고 주장합니다.

그런데 쇼펜하우어는 위대한 사람의 가장 뛰어난 작품은 대부분 무명일 때 나왔다고 강조합니다. 오늘날 위대한 작품으로 인정받는 걸작들은 대부분 작가가 무명시절 인세 따위에 연연하지 않는 상황에서 내면의 절박함을 토로하기 위해, 즉 자기 희생을 통해 잉태되었다는 것이지요. 그래서 그는 "명예와 돈을 같은 자루에 담을 수는 없다"는 스페인 격언을 인용하여 그 같은 사실을 상기시켜 줍니다.

대부분의 걸작은 가난한 시절에 나온다는 쇼펜하우어의 말은 맞는 것 같습니다. 곤경과 가난의 한이 사람을 분발하게 하고 걸작을 잉태시키는데 사마천은 《사기》에서 이를 일컬어 '발분저서(發憤著書)'라고 했습니다. 곤액을 당하고 가난한 시절에 마음을 굳세게 하면 역작이 나온다는 것이지요.

"옛날 서백창(주나라를 창건한 무왕의 아버지)은 유리에 갇히게 되자 '주역'을 풀이했으며, 공자는 진나라와 채나라 사이에서 곤경을 당하자 '춘추'를 지었다. 초나라의 굴원 또한 추방당한 몸이 되어 '이소'를 지었고, 좌구명은 실명한 이후에 '국어'(춘추시대 8국의 역사를 나라별로 적은 책)를 남겼다. 손빈은 다리를 잘리는 형을 받은 후 '병법'을 저술했고, 여불위는 촉으로 유배된 이후에 '여씨춘추'를 남겼으며, 한비자도 진나라에 갇힌 몸이 되어서 '세난', '고분' 편을 지었다. '시경'에 수록된 300편의 시는 대체로 성현들이 발분해서 지은 것이다. 이들은 모두 마음에 깊이 맺힌 바가 있으나 그 뜻을 직접 표현할 수 없었기에 지나간 사실을 빌려 미래에 그 뜻을 전했던 것이다."

이는 《사기열전》(서해문집, 2006, 463-464쪽)에서 사마천 자신의 자서전 격인 〈태사공 자서〉에 나오는 내용입니다. 발분저서는 "가슴에 맺힌 한을 풀 수 없을 때 옛날 일들을 기록하고 미래에 희망을 얻기 위해 글로 남기는 것"이라고 사마천은 말합니다. 사마천은 "나도 그들의 마음과 똑같았다"고 토로했는데 말하자면 자신이 지은 《사기》도 발분저서라는 뜻이지요.

사마천은 48세에 흉노족에 포로로 잡힌 이릉을 옹호했다는 이유로 한 무제의 노여움을 사 궁형을 당했습니다. 궁형은 남자의 성기를 자르는 것으로 고대 중국에서는 가장 치욕스런 형벌이었지요. 궁형을 당하면 수치심에 못 이겨 자살하는 게 관례였다고 합니다. 하지만 사마천은 살아남아 《사기》를 저술하는 데 전념했습니다. 그 이유는 아버지의 유지를 받들어야 했기 때문입니다. 아버지 사마담이 죽으면서 자신이 시작한 《사기》의 완성을 부탁하였고 그 유지를 받들어 기원전 90년에 완성한 것이지요. 사마천은 55세에 《사기》를 완성하고, 60세에 세상을 떴습니다.

이에 못지않은 발분저서로 다산 정약용의 《목민심서》를 들 수 있습니다. 다산은 18년이 넘는 유배지 생활 동안 《목민심서》를 비롯해 500권이 되는 책을 지었다지요. 또 추사 김정희는 제주도 유배지에서 〈세한도〉를 그렸는데 이 역시 발분저서라고 할 수 있을 것입니다. 또한 마키아벨리의 경우도 당시 피렌체의 왕이 된 메디치에게

나에게 돌아오는 시간

거듭 공직을 줄 것을 요청했지만 좌절되자 절치부심하고 쓴 책이 《군주론》이니 이 또한 발분저서라고 할 수 있을 것입니다.

쇼펜하우어의 이야기를 더 하자면, 그는 작가를 세 부류로 나누었습니다. 첫째 유형은 생각을 하지 않고 글을 쓰는 작가로 대부분 작가는 여기에 해당한다고 합니다. 자신의 지극히 개인적인 기억과 추억을 바탕으로 글을 쓰거나 타인의 저서를 인용하는 수준에서 글을 쓴다는 것입니다. 둘째는 쓰면서 생각하는 유형으로 많은 작가가 또한 여기에 해당한다고 합니다. 세 번째 유형은 쓰기 전에 생각을 마치고 글을 쓰는 작가들로 극소수의 작가만이 이에 해당한다고 하지요. 그들이 남긴 저작은 오래 전에 자신의 머릿속에서 결론을 내린 확고한 신념의 결과인 것입니다.

저 자신을 여기에 대입해 보면 어디에 해당될까 생각해봅니다. 아무래도 돈을 고려하지 않고 글을 쓰는 단계를 벗어나지는 못한 것 같습니다. 또 아직은 쓰고 싶은 글만 쓰지도 못하는 단계이고 다만 쓰기 전에 생각을 마치고 글을 쓴다는 데 위안을 삼아야겠습니다. 저는 언제쯤 쓰고 싶은 글만 쓸 수 있을까, 생각해봅니다.

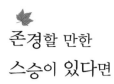

존경할 만한
스승이 있다면

〈톨스토이의 마지막 인생〉이라는 영화에 이어 예수의 고난을 그린 〈패션 오브 크라이스트〉를 보았습니다. 이 영화들을 보면서 영화 〈공자〉가 생각났습니다. 그리고 공통적으로 떠오른 게 바로 '추종자(제자)'였습니다.

공자는 제자들을 완벽하게 통제했습니다. 스승이 강요하지 않아도 자발적 복종으로 이어졌습니다. 공자는 '움직이는 사전'처럼 당시의 예법에 통달했고 고금의 역사와 인물들에 대해 정통했습니다. 제자가 질문을 하면 전반적으로 사례를 들면서 마지막에는 반드시 교훈이나 훈계가 되는 경구로 조언을 해줍니다. 제자들 중에서 똑똑한 그룹에 속하는 72명 각각에 대해 꿰뚫고 있었습니다. 더욱이 공자는 말 잘하는 이를 가장 싫어한다면서 '오부녕자'를 경계하면서도 한편으로는 언변에 탁월한 자공과 같은 제자도 두었습니다. 그가 이상적으로 바라는 인간상만을 제자로 두지는 않았던 거죠. 단점이 장점이 되고 장점이 단점이 되는 이치처럼 장점과 단점을 지닌 수많은 인재들이 그의 주변에 포진해 있었습니다. 그 인재들이 세상에 나가는 데 조력을 하고 추천을 해주었습니다.

톨스토이 영화를 보면서 그를 추종하는 '톨스토이안'에 대해 생각해 보았습니다. 톨스토이안은 톨스토이의 이상사회론을 현실에 실천하려는 이들의 단체입니다. 톨스토이안을 이끄는 인물(수제자)은 나중에 톨스토이의 저작권을 자신들에게 귀속시키려 그를 설득합니다. 톨스토이는 그의 설득을 받아들여 고뇌 끝에 저작권을 넘겨주려고 하지만 한편으로는 이에 반대하는 아내 소피아의 입장도 이해했습니다. 그러나 수제자는 막무가내로 저작권을 넘기는 문서에 도장을 찍으라고 강요하다시피 합니다. 결국 톨스토이는 그 요구에 응하여 저작권을 넘겨주지만 소피아는 톨스토이 사후에 재판을 통해 저작권을 돌려받습니다.

톨스토이는 자신의 재산권 이양을 둘러싸고 이상과 현실 사이에게 갈등을 겪습니다. 그 갈등의 기로에서 문제를 해결하는 것은 제자들입니다. 톨스토이가 교통정리를 하는 게 아닌 셈이지요.

예수는 더 극적입니다. 유다와 베드로는 예수를 참담함으로 몰아넣고, 예수는 제자들의 배신으로 십자가에서 못이 박힙니다. 제자들은 위기에 빠진 스승을 외면합니다. 결국 예수를 다시 살려낸 이는 당시의 제자들이 아니라 사도 바울이 아닐까요.

"파울로스(바울)는 초대교회를 이끈 뛰어난 지도자 중 한 사람이었다. 예수가 그리스도라는 교의를 전하려는 열정으로 아프리카(북아프리카) 지역을 제외한 로마제국의 주요도시를 돌아다녔다. 무려 2만 킬로미터에 이르는 그의 선교여행과, 신약성서 27개의 문서 중 13편에 달하는 그의 이름으로 된 서신서들은, 초대 교회사에 있어서 기념비적인 업적이다. 그는 자신이 선교여행 중에 여러 번 죽을 위기를 맞았다고 말한다. 유대인에게 다섯 번 매를 맞고, 세 번 태장으로 맞고, 한 번 돌로 맞고, 세 번 배가 파선되었다는 것이다."

백과사전에 소개된 바울에 대한 도입부처럼 12제자보다 바울에 의해 예수는 비로소 크리스트로 재탄생되었다고 할 수 있습니다.

요즘 당송팔대가의 한 사람인 한유의 책을 읽고 있습니다. 특이하게도 한유는 추종자를 두어 비판을 받은 점이 이들 영화와 연결되었습니다. 당시 중국은 스승과 제자, 즉 사제관계를 배척하는 분위기였다고 합니다. 사사로이 파당을 만들 수 있기 때문이죠. 그래서 또 다른 당송팔대가인 유종원은 사제관계를 만들기 좋아하는 한유를 미치광이라고 비난했습니다.

"세상 사람들은 역시 무리를 지어 괴이하게 여기고 욕을 하였지만, 손과 눈짓으로 동료를 끌어 모아 더욱더 그들과 더불어 평론을 하였다. 한유는 이 때문에 미치광이라는 이름을 얻게 되었다.”

이 글로 한유와 유종원은 서로 질시하고 미워하는 관계로 이어집니다. 이에 한유는 이렇게 논박했습니다.

“다른 사람보다 조금 더 지식이 있고 기술이 뛰어나다면 스승이 되
어 가르치고 싶은 것이 인지상정이다.”

살아가면서 존경할 만한 스승이 있다면 삶이 훨씬 덜 고독할 것입니다. 어느 자리에서 이런 말을 들었습니다.

“우리 사회에 스승은 없다. 교수나 교사는 단지 ‘가르치는 사람’일 뿐이다. 스승이 아니다. ‘멘토’이자 ‘매니저’가 되어야 스승이라고 할 수 있다.” 진정 스승이 그리운 ‘스승부재의 시대’입니다.

“리더에 대한 유일한 정의는 추종자를 거느린 사람이다.”

이는 현대 경영학의 창시자인 피터 드러커의 말입니다. 중국에서는 천안문광장에 공자 상을 세우는 등 공자의 삶이 새로이 부활하고 있습니다. 공자의 부활 이유도 스승부재의 시대상에서 찾을 수 있지 않을까요.

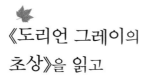

《도리언 그레이의 초상》을 읽고

　오늘은 오랜만에 초서를 했습니다. 다산 약용께서 저술의 비법으로 활용한 초서는 저에게도 소중한 비법이지요. 아내는 가끔 저에게 어디서 글감이 그렇게 샘솟느냐고 말을 합니다만 방법이 따로 있을까요. 비법이라면 바로 이 초서라고 할 수 있겠지요. 책을 읽으며 책장 모서리를 접어놓은 후에 어느 날 시간을 내어 그 책을 다시 들추며 생산적인 문장들을 찾아 나섭니다. 일종의 글감 채굴이라고 할까요. 제게 생산적이고 유익한 책은 책의 모서리가 얼마나 여러 장 접혀 있느냐로 알 수 있습니다.

　오늘은 오스카 와일드의 소설 《도리언 그레이의 초상》(예담, 2010)을 초서했습니다. 영원히 늙지 않고 젊음을 유지하는 어느 아름다운 청년의 이야기로 그의 초상화가 그를 대신해서 늙고 추악해져 간다는 유미적인 이야기입니다.

"나는 점점 늙고 추하고, 끔찍해지겠지요. 하지만 이 그림은 언제까지나 젊음을 간직하고 있을 거예요. 아무리 세월이 흘러도 유월의 오늘 모습 그대로 남아 있을 거라고요.…… 아, 그와 정반대가 될 수만 있다면 얼마나 좋을까요! 나는 언제까지나 젊은 모습 그대로 남아 있고, 그림이 나 대신 점점 나이를 먹는다면 얼마나 좋을까요! …… 그렇게 할 수 있다면 내 영혼이라도 바칠 거예요!"(54쪽)

그런데 이것이 현실이 됩니다. 세월이 흘러도 청년은 여전히 아름다운 젊음을 유지하고 대신 초상화가 늙어가면서 더불어 그가 지은 죄의 흔적까지 모두 짙어지고 추하게 변해가는 것이지요. 결국 주인공 도리언은 쾌락에 빠져들고 결말에 가서는 자신의 초상화를 그린 화가를 죽입니다.

그를 파멸시킨 것은 바로 미모. 그가 간절히 기도했던 미모와 젊음이었다. 이 두 가지가 없었다면, 그의 인생이 이토록 더럽혀지지 않았을 것이다. 그의 미모는 그에게 한낱 가면에 불과했으며 그의 젊음은 가짜일 뿐이었다. 청춘이란 무엇이던가? 기껏해야 미숙하고 설익은 시간, 얄팍한 감정과 불안한 생각들로 가득한 시간이 아니던가. 무엇 때문에 굳이 그런 옷을 걸치고 살았단 말인가? 젊음은 그를 이렇게 망쳐놓았을 뿐인 것을.(402-3쪽)

제4장 계절은 피고지고… 책 읽고, 음악 듣고, 영화 보고 …글쓰기

사람의 욕망 가운데 가장 쓸쓸하고 외로운 욕망이 있다면 그것은 '젊음에 대한 욕망'이 아닐까요. 누군들 젊음이 오래 지속되기를 바라지 않는 사람이 있을까요. 젊음이란 어느 날 문득 뒤돌아보면 그 시기가 끝났다는 것을 깨닫는 것은 아닌지요. 오스카 와일드가 탄식한 것처럼 청춘이란 기껏해야 미숙하고 설익은 시간, 그래서 그 젊음이 도리언에게 그랬듯이 영원히 녹슬지 않는다면 삶은 미숙한 날들로 가득 차지 않을까요. 그만큼 죄악은 쌓여가고……. 그래서 우리의 삶에서 청춘의 시간이 그만큼 짧은지도 모르겠습니다. 짧은 시간만큼 강렬하므로 더 아쉬운 건지도 모르겠습니다.

박경리 선생도 시집 《버리고 갈 것만 남아서 홀가분하다》에 수록된 시 〈산다는 것〉에서 젊은 날을 이렇게 적고 있습니다.

잔잔해진 눈으로 뒤돌아보는/청춘은 너무나 짧고 아름다웠다/
젊은 날에는 왜 그것이 보이지 않았을까.

나에게 돌아오는 시간

'1564. 4. 26 ~ 1616. 4. 23.'

숫자가 암시하듯이 이것은 누군가의 생몰연대입니다. 길지도 그 렇다고 짧지도 않은 삶을 살았습니다. 바로 인류에게 엄청난 영향을 끼치고 있는 윌리엄 셰익스피어의 생몰기간입니다. 지난 열흘 동안 감기로 인해 집에서 지내면서 책을 보다 그의 생몰연대에 눈이 한 동안 멈추었습니다. 바로 셰익스피어의 출생년도가 저와 딱 400년 차이가 났기 때문이지요.

때로 책을 읽다 그 사람의 이력을 보면 참 흥미롭게 다가옵니다. 박제화한 한 인물의 삶을 반추해 보면 그게 또한 우리 모두의 삶이 라는 것을, 그 누구의 화려하고 영광스러운 삶도 결국은 시간의 도 도한 흐름 앞에 그 이전의 사람처럼 짧은 생몰연대를 기록하고 역 사 속으로 퇴장한다는 사실을 새삼 깨닫는 것입니다. 우리들 모두 마찬가지겠지요. 예외 없이 말이죠. 셰익스피어도 그런 인물 중 하나인데, 그의 작품과 문학적 통찰은 인간의 기억이 지속되는 한 영원히 남아 상상력과 인간성의 희비를 상기시켜줄 것입니다.

윌리엄 셰익스피어와 동시대 작가인 벤 존슨(1572~1637)은 "셰익스피어는 한 시대에만 한정되지 않고 영원하다"라는 유명한 글귀를 남겼다지요. 이는 셰익스피어 작품의 보편성과 불멸성을 표현하는 상징적인 문구가 되었습니다. 지금 우리가 셰익스피어의 문학성에 환호하는 것도 그의 작품이 보여주는 보편성 때문일 것입니다. 그러기에 영국의 엘리자베스 여왕은 국가를 모두 넘겨주어도 셰익스피어 한 명만은 못 넘긴다고 했고, 비평가 칼라일은 "셰익스피어는 영국의 식민지 인도와도 바꿀 수 없다"고 했다지요.

셰익스피어의 작품은 《햄릿》《오셀로》《리어왕》《맥베스》등 4대 비극을 포함해 모두 38편이 전해오고 있습니다. 셰익스피어 작품은 가족과 사랑 등 인간관계에서 생겨나는 문제를 밑바닥에 깔고 있습니다. 그가 인간에 대해 가장 관심을 기울인 것은 '가족'에 관한 것으로 셰익스피어의 4대비극 역시 그 중심에는 가족을 두고 있지요.

그의 작품은 가부장적 질서와 권위를 다루면서 여기에 사랑과 배신 등을 촉매제로 활용합니다. 희극 《말괄량이 길들이기》도 그렇습니다. 파두아의 부자 뱁티스터의 맏딸 카트리나는 이름난 말괄량이였습니다. 성질이 어찌나 사납고 수다스러운지, '말괄량이 카트리나'라고 하면 파두아에서는 모르는 사람이 없었지요. 그러나 카트리나를 길들이기로 작정한 신랑 페트루치오에 의해 그녀는 순종적인 아내로 변모했습니다. 물론 '아내를 길들인다'는 이 극의 내용도 오늘날의 페미니스트들에게는 재미없는 내용일 테지요.

희극인《한여름 밤의 꿈》도 마찬가지입니다. 이 극은 관습이나 전통과 같은 현실을 뛰어넘어 도전하는 사랑의 문제를 다루는데, 딸을 아테네의 공작 테세우스와 강제로 결혼시키려는 이지어스는 기존 관습과 질서를 대변합니다. 이지어스의 시각에 따르면 딸 허미아는 자신의 소유물에 불과하기 때문에 자신의 명령을 따르지 않는 딸은 존재할 가치가 없습니다. "그녀는 내 것이니 내가 처분할 수 있다"고 말할 정도니까요. 아버지의 명령을 거부한다면 허미아는 아테네 법률에 따라 사형을 당하거나 독신으로 살거나 양자택일밖에 없습니다. '사형을 받든가 아니면 영원히 인간사회와 등지고 혼자 살아야' 합니다. 그런데 허미아는 사랑의 힘으로 이러한 억압과 권위에 대항하는 용기를 얻게 되고, 이는 기존 관습과 전통을 뛰어넘어 새로운 세계를 바라볼 수 있는 시발점이 됩니다.

비극의 대표작인《햄릿》에도 가족과 악한, 사랑과 복수 등이 얽히고설켜 있습니다.《햄릿》은 단순히 아버지의 원수를 갚는다는 의미를 넘어서서 복수라는 행위가 인간의 존재와 도덕성에 미치는 영향과 그 행위의 본질을 추구하고 있습니다. 햄릿은 클로어디스의 기도 광경을 보고서 그만 어찌된 일인지 복수를 할까 말까 망설이다 잔인하게 칼을 휘두릅니다. 모든 비극 가운데 햄릿만큼 작품의 성격을 특징짓는 인물은 없다고 하는데 그래서 '우리 모두가 햄릿이다'라는 말도 회자됩니다. 《오셀로》에서는 비련의 대사이자 모순의 상징어가 된 '죽이고 사랑하노라(5막2장)'라는 말이 나옵니다. 오셀로가 아내를 목조르기에 앞서 하는 말이지요. "한 번 더, 또 한 번 더 키스를/죽더라도 이대로 있어다오./죽이고 사랑하리라." 참 잔인한 말이 아닐 수 없습니다.

아리스토텔레스는 비극에 대해 이렇게 말합니다.

> "희극은 실제(보통) 이하의 악인을 모방하려 하고 비극은 실제 이
> 상의 선인을 모방하려 한다."

이게 희극과 비극의 차이에 대한 아리스토텔레스의 주장입니다. 희극을 보면 이른바 카타르시스를 느끼지 못하지만 비극은 선인의 운명에서 느끼는 공포와 연민이 카타르시스를 불러일으키는 것이지요.

우리는 또 누군가를 모방하고 살아갑니다. 요즘은 그 모방이 모두 미디어에 의해 좌우되는 것 같습니다. 고개를 푹 숙이고 틈만 나면 너나없이 스마트폰 속으로 들어갑니다. 그 속에서는 모든 것이 "나를 모방하라"고 유혹하고 있습니다. 미끈한 몸, 탄력 있는 피부, 유

혹하는 몸짓…… 모두가 젊음뿐입니다. 그 젊음을 모방하라고 합니다. TV에는 늙은 배우가 없습니다. "어, 저 배우는 60세가 넘었을 텐데 어째 하나도 안 늙었네!" 그 장면을 보다 아내가 또 한마디 합니다. "여보 나도 몇 년 후에 눈가의 주름살을 수술해도 될까요?"

TV와 영화, 인터넷, 스마트폰 등이 난무하는 우리 시대를 살아간다는 게 참 고통스럽다는 생각을 해봅니다.

그러나 우리의 영혼을 살찌우게 하는 것은 서로에게 모방을 조장하는 TV 같은 미디어가 아니라 상상하고 생명의 기운을 되찾게 하는 셰익스피어의 숲속이 아닐까요. 마치 《한여름 밤의 꿈》에 나오는 '아젠스의 숲'처럼 말이죠. 그 숲속에는 우리가 마음속에 키워온 수많은 요정과 님프가 있을 것입니다. 허미아는 아버지가 정해준 정혼자가 아니라 자신이 사랑하는 라이샌더와 결혼식을 올립니다. 결국 우리는 욕망하는 타인을 모방하는 것으로는 자신의 욕망을 채울 수 없을 것입니다. 《한여름 밤의 꿈》에 등장하는 숲속에는 진정한 사랑이 살아 있습니다.

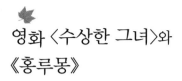

영화 〈수상한 그녀〉와
《홍루몽》

　영화 〈수상한 그녀〉를 보았습니다. 영화를 보면서 주인공 오두리가 부른 '빗물'이라는 노래에 머리가 쭈뼛하는 느낌을 받았습니다. 또 김정호가 1972년인가 부른 '하얀 나비'는 더욱 가슴 시리게 다가옵니다.

　우리 인생에서 청춘이란 무얼까, 이 영화를 보면서 새삼 생각해보게 됩니다. 누구나 하는 말이지만 청춘은 사랑의 시작과 동시에 거의 끝나고 인생 또한 한순간의 꿈처럼 흘러갑니다.

　"아니 난 다시 태어나도 똑같이 살란다. 아무리 힘들어도 똑같이 살
　란다. 그래야 내가 니 엄마고 니가 내 아들이 되지."

　이는 영화에서 오두리가 한 말입니다. 오두리는 오말순 할머니의 젊은 시절의 분신이죠. 오묘한 불빛에 이끌려 '청춘사진관'으로 들

어간 오말순은 난생 처음 곱게 꽃단장을 하고 영정사진을 찍고 나옵니다. 하지만 그녀는 버스 차창 밖에 비친 자신의 얼굴을 보고 경악을 금치 못합니다. 자신이 늘 닮고 싶었던 오드리 헵번처럼 뽀얀 피부, 날렵한 몸매의 처녀가 되어 있었던 것이죠. 주름진 할매에서 탱탱한 꽃처녀의 몸으로 돌아간 그녀는 스무 살 '오두리'가 되어 있습니다.

과거와 현재를 오가는 시간여행, 이른바 타임슬립이라고 할 수 있습니다. 일본 만화인 다니구치 지로의 《열네 살》이 타임슬립의 전형입니다. 어린시절 아버지가 집을 떠나는 사건을 겪은 소년 나카하라 히로시는 어머니의 기일에 돌연 다시 열네 살로 돌아갑니다. 아버지의 가출을 막아보려고 하지만 다시 돌아간 과거의 시간에서도 아들은 아버지의 가출을 막지 못합니다.

영화 〈수상한 그녀〉에서는 할머니가 순간 아가씨의 몸으로 돌아갑니다. 과거가 아니라 현재에 젊은 몸으로 변신하죠. 청춘으로 돌아간 오말순, 젊은 오두리는 손자와 함께 공연을 하게 됩니다. 그 전에 아가씨가 되고 난 후 처음 무대에 서서 노래를 하는데 그 노래가 '빗물'입니다.

1740년에 나온 조설근의 《홍루몽》은 중국인들에게는 셰익스피어의 작품과 같다고 할 만큼 큰 영향을 끼친 작품이라고 합니다. 홍루몽은 가(賈), 사(史), 왕(王), 설(薛) 등 네 가문을 배경으로 일어나는 이야기로 등장인물만 해도 480명가량 된다고 해요. 등장인물에서 알 수 있듯이 이 소설은 읽기가 쉽지 않습니다. 아내는 읽다 2권에서 포기했어요. 하지만 120회 중에서 23회에 이르면, 임대옥이 흩날리는 꽃잎을 쓸어 모아 '장화총' 즉 꽃무덤을 만드는 장면이 나오는데, 자신도 모르게 울컥하는 심정이 되고 점점 소설 속으로 빠져들게 됩니다.

우리네 인생이 마치 꽃무덤 같습니다. 그 꽃무덤 속에 있는 꽃의 혼처럼 화려하면서도 쓸쓸하게 흔적 없이 자연의 흙으로 돌아갑니다. 한때는 진한 향기와 꽃망울을 터뜨렸지만 향기도 꽃도 어느새 자연의 일부가 됩니다. 청춘은 사랑으로 울고 그 사랑으로 봄날을 서럽게 맞고 있지만 인생의 봄날마저도 결코 길지 않습니다.

> "따스한 봄이 저만치 가버리고 흐드러지게 피었던 꽃잎도 문득 우수수 떨어지듯 청춘은 그렇게 소리 없이 사라지는 것이다. 그래서 붉은 누각에서 꾸는 꿈은 짧고도 아름다운 청춘의 꿈이요, 봄날의 꿈이다."
>
> —《붉은 누각의 꿈-홍루몽 바로보기》, 나남, 2009, 14쪽

그 청춘의 쓸쓸함을 상징적으로 보여주는 게 바로 꽃무덤을 뜻하는 '장화총'입니다. 어느 날 가보옥은 고종사촌동생이지만 마음속

깊이 사랑하는 임대옥이 봄바람에 꽃비가 내리자 그 꽃잎을 쓸어 꽃무덤을 만드는 것을 봅니다. 그러다 가보옥은 산등성이 너머에서 임대옥이 부르는 노래를 듣습니다.

"꽃잎 묻는 나를 보고 남들이 비웃지만/ 훗날 내가 죽고 나면 묻어 줄 이 누구인가?/ 하루아침 봄은 지고 홍안청춘 늙어 가면/ 꽃잎 지고 사람 가니 둘 다 서로 알 길 없네."

─《홍루몽2》, 나남, 2009, 179쪽

듣기만 하여도 애절하기 그지없는 이 구절에 보옥은 그만 목을 놓아 통곡하고 말지요. 보옥의 다음과 같은 말은 또 임대옥과의 비극적 사랑과 자신의 행로를 암시합니다.

"여윈 모습 봄물에 비치니/그대는 나를, 나는 그대를 가여워하네."

─《홍루몽5》, 나남, 2009, 227쪽

홍루몽의 주인공들은 차츰 나이가 들고 인생의 곡절을 겪으면서 하나둘씩 불행으로 떨어지게 되지요. 이렇듯 작가는 대관원의 여인들에게 끝없는 연민과 동정을 보내면서 꿈같은 세월, 다시는 돌아오지 않을 청춘의 그 아련한 세월에 대한 회한을 그리고 있습니다.

제4장 계절은 피고지고… 책 읽고, 음악 듣고, 영화 보고 …글쓰기

소설 《홍루몽》은 영화 〈수상한 그녀〉처럼 아무래도 인생의 봄날을 이미 지나버린 이들이 읽기에 더 제격인 것 같습니다. 더욱이 요즘처럼 봄날이 가는 계절에 읽는다면 더 가슴 깊이 울림을 느낄 수 있겠지요. 저는 임대옥이 묻은 꽃의 혼을 생각해봅니다. 어쩌면 가장 화려하면서도 가장 쓸쓸한 혼이 아닐까요.

"흐르는 물, 지는 꽃잎 모두 무정하여라."

— 《홍루몽2》, 나남, 2009, 85쪽

중국인들에게 《홍루몽》이 왜 셰익스피어의 작품과 같은 의미인지 어렴풋이 알 것 같습니다. 바로 되돌아갈 수 없는 꽃다운 시절, 인생의 유토피아에 대한 노스탤지어라고 할까요.

신로심불로(身老心不老)

최근에 책을 읽으며 가슴에 와 닿은 단어가 '신로심불로(身老心不老)' 입니다. 즉 '몸은 늙어도 마음은 늙지 않는다'는 말인데, 이게 바로 즐거움과 괴로움의 원천인 것 같습니다. 저도 오십을 훌쩍 넘겼는데요, 늘 마음은 한결같습니다. 피부는 조금씩 탄력을 잃어 가는데 마음의 근육은 결코 탄력을 잃지 않고 늘 젊은 시절 그대로입니다.

불멸의 작품 《파우스트》를 남긴 독일의 대문호 괴테는 수많은 연애사건을 남겼습니다. 더욱이 80세를 넘긴 나이에 10대 소녀에게 반해 자신에게 공직을 주었던 아우구스트 공작에게 중매를 서달라고 했다가 거절당하기도 했지요. 괴테는 이루어질 수 없는 10대 소녀와의 사랑을 《파우스트》에서 재현해 놓았습니다. 마녀의 부엌에서 영약을 마시고 20대 청년이 된 파우스트는 순진무구한 소녀 그레트헨을 범하게 되고 이어 경국지색의 여인 헬레나와 결혼을 하지만 악마 메피스토펠레스의 계략에 빠지게 됩니다. 어쩌면 《파우스트》는 이루지 못할 사랑놀이에 빠졌던 괴테가 소설이라는 형식으로 들려주는 참회록이라는 생각마저 듭니다. 어쩌면 괴테의 그 마음을 적확하게 표현한 말이 '신로심불로'가 아닐까 합니다.

이 말은 염상섭의 《삼대》에 나옵니다. 소설에서 이 구절을 읽다 저는 무릎을 탁 쳤습니다. 인간 욕망의 일그러짐은 바로 여기서 나오는 거지요. 이 소설에서도 괴테의 '노년연애'와 같은 대목이 나옵니다. 바로 중년연애라는 말이지요.

"경국지색을 보여 드릴 테니 그 대신에 하느님의 은총을 감사하실 게 아니라 제게 한턱이나 단단히 내십쇼."

"이 늙은 사람에게 미인이 무슨 소용 있나. 허허……."

"아직 노인도 아니시지만 노인에게 미인이 따르지 않아 걱정이지 신로심불로란 말이 있지 않습니까? 하하하……. 하여간 중년연애 란 더 무서운 것이지요."

하고 병화는 비웃듯이 또 껄껄 웃는다. 상훈이는 중년연애란 더 무서운 것이라는 말을 듣자 속으로 깜짝 놀랐다.

―《삼대》, 소담출판사, 2003, 138쪽

이는 제가 이 소설을 읽다 초서한 부분입니다. 병화는 상훈의 아들 덕기의 친구입니다. 아들 친구와 함께 목사인 조상훈은 술집 바커스로 갑니다. 그 술집에는 그가 임신시킨 홍경애라는 여성이 술시중을 들고 있습니다. 조상훈은 말하자면 낮엔 설교하고 밤엔 술집으로 전전하는 탕자입니다. 조상훈은 벼슬을 사고 양반을 산 졸부 아버지를 두고 있습니다. 돈의 맛에 길들여진 후손들은 그 돈으로 쾌락에 탐닉하곤 합니다.

프랑스의 사회학자 부르디외(P. Bourdieu)에 따르면 신흥부르주아, 즉 졸부는 지배계급 중에서도 가장 쾌락적 성향을 띤다고 합니다. 《삼대》는 졸부 집안의 망해가는 과정을 그리고 있습니다. 다만 탕자 아버지를 둔 아들이 그나마 정신을 차립니다.

그러나 삼대와 달리 현실에서는 대부분 아들이 아버지의 속을 무던히도 썩이지요. "이놈아, 집에서 나가거라!" 강경애의 《인간문제》라는 소설에서 이 말이 나오는 대목을 읽다 마음이 쿵 하고 울렸습니다. 자식을 둔 아버지, 자식이 어긋나거나 말을 듣지 않으면 한 번쯤 이런 말을 할 것입니다. 저도 아들이 중고등학생 시절에 이런 말을 한두 번 한 적이 있습니다.

《인간문제》에서 신철은 부친이 옥점과 결혼을 강권하자 집을 나옵니다. 아버지가 옥점의 부친 덕호가 돈이 많은 것을 눈치채고 결혼을 서둘렀기 때문입니다. 아버지는 신철이 말을 거역하자 따귀를 때리고 신철은 집을 나갑니다.

"그의 아버지는 신철이가 이렇게 극단으로 나갈 줄까지는 꿈에도 생각지 못하였다. 더구나 나가란다고 신철이가 가방을 들고 나오는 것을 보니 앞이 아뜩하여지고 전신이 사시나무 떨리듯 하였다.

— 《소금·인간문제》, 문학사상사, 2006, 261쪽

여기서 보듯이 우리 아버지들은 겉만 강하지 약한 존재입니다. 신철은 교사였던 아버지가 졸부인 덕호의 딸 옥점과 결혼을 서두르자 아버지에게 실망하여 이를 거역하고 결국 집을 나옵니다. 그런데 아들이 집을 나가자 아버지는 심한 충격을 받습니다. 그냥 화가 나 해본 소리인데, 진짜 집을 나갑니다. 노여움…… 자식에 대한 실망감……. 자식을 키우는 아버지라면 이 상황에 공감이 갈 것입니다.

그런데 '지랄총량의 법칙'이라는 우스갯소리가 있듯이 자식은 언젠가는 한 번쯤 꼭(!) 부모의 속을 썩인다고 합니다. 그러니 먼저 맞는 매가 낫다고, 일찌감치 속을 썩이고 빨리 정신 차리는 것도 괜찮습니다. 때로 인생만사 가득한 소설을 읽다보면 마음이 치유되는 경험을 하곤 합니다. 그리고 미처 가보지 않은 아버지의 길을 책을 통해 배우게 됩니다.

"아버지도 처음부터 아버지가 아니었다." 최근 드라마를 보다 아버지가 딸에게 한 말이 마음에 꽂혔습니다. '아버지도 처음부터 아버지가 아니었다. 아버지를 해본 적이 없었다'라는 대사가 남의 말

이 아니었습니다. 그 대사에 잠시 마음이 숙연해졌습니다. 아버지로 살아가는 길이야말로 한 인간으로서 해볼 수 있는 가장 인간적인 경험이 아닐까요.

제가 쓴 책 가운데 《아버지로 성공하라》라는 책이 있습니다. 저 또한 경험하는 바이지만 가장 힘든 일이 이게 아닐까 합니다. 그런데 한 인간으로서는 성인군자라 칭송받는다 해도 아버지로서는 결코 성인군자가 되지는 못하는 것 같습니다. 아버지는 자식에게 화를 참을 수 없을 때 그만 "나가!"라고 욱하는 성질을 누르지 못하기 때문입니다. 그런데 욱하는 아버지도 나이가 들어가면 그 강한 모습은 어디 가고 약한 모습만 남게 됩니다. 이제는 거꾸로 부모가 자녀의 눈치를 보게 됩니다. 몸이 늙어도 마음만은 늙지 않는다지만 자식에 대한 마음은 나이가 들수록 약해지는 것 같습니다. 벌써 저만 해도 그런 것 같습니다!

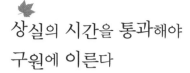

상실의 시간을 통과해야
구원에 이른다

"모든 것을 상실했다고 생각하는 순간, 느닷없이 우리는 경고와 함
께 구원을 받는다."

이 문장은 마르셀 프루스트의 소설 《잃어버린 시간을 찾아서-되
찾은 시간》에 나옵니다. 책을 읽다가 가끔 무릎을 탁 칠 때가 있는
데 이 문장을 읽을 때도 그랬지요. 살아가면서 겪는 부모의 죽음, 질
병, 갱년기와 같이 나이듦으로 인한 상실감은 한 인간에게 미처 경
험해보지 못한 충격과 위기감을 줍니다. 장삼이사든 권력자든 누구
나 상실의 시간은 끔찍이도 회피하고 싶어 하는 것이 인지상정일 것
입니다.

프루스트는 바로 이 상실의 순간이 강력한 경고의 순간임과 동시
에 구원의 순간이 될 수 있다고 말합니다. 기막힌 반전이지요. 상실
의 순간과 그 상실이 반추해주는 경고를 잘 되새긴다면 이를 딛고

나에게 돌아오는 시간

구원에 이를 수 있다고 그는 강조합니다.

프루스트의 인생은 늘 격심한 고뇌가 따라다녔다지요. 그는 지병인 천식 때문에 활동적인 인생을 보낼 수 없었습니다. 또한 어머니의 강박적인 집착으로 어린시절부터 고통을 당했음을 《잃어버린 시간을 찾아서》에서 화자의 입을 빌어 토로하고 있습니다. 게다가 동성애로 인해 사회적 이미지가 좋지 않았지요. "우리의 사회적 인격은 타인의 생각이 만들어 낸 창조물이다"라는 말은 바로 프루스트에게도 해당된 셈입니다. 그는 남들이 보는 자신의 겉모습과 진정한 자신의 참모습과의 괴리에 대해 항변하고 싶었을 테지요. 그 항변이 바로 소설쓰기였습니다.

프루스트는 소설에 자신을 모두 쏟아부었는데 그렇게 탄생한 작품이 바로 《잃어버린 시간을 찾아서》입니다. 그는 이 소설에서 주인공인 '나'를 화자로 등장시켜 현실에서 망가진 자신의 인생을 근사하게 재생시킵니다. '소설 속 자아'를 '현실의 자아'로 대치시킨 셈이지요. 평론가 김동윤은 그의 삶과 작품을 이렇게 표현하고 있습니다.

"마르셀에게 문학과 글쓰기는 결코 처음부터 확신하고 추구한 숭고한 구원이 아니라 끊임없는 회의와 불안으로 보낸 수많은 아픈 시간의 결과이다."

소설에서 주인공은 긴 방황과 불면의 시간, 즉 상실의 시간을 보내다 불현듯 글쓰기를 결심합니다. 상실의 시간을 견뎌낸 주인공에게 글쓰기가 구원의 결정적 계기가 된 것이지요.

> 오늘 밤 부주 하늘에 뜬 저 달을/규방의 아내는 홀로 보고 있겠지/ 귀여운 자식들은 아직은 어려/장안 그리는 엄마의 마음 알지 못하겠지 / …… 언제나 달님은 비추어줄까/휘장가에 나란히 앉은 눈물 거둔 우리의 모습을.

이 시는 두보의 〈달빛에 아내를 그리워하며〉인데 원제는 월야(月夜)입니다. 두보가 안록산의 반란군에 잡혀 장안에 연금되어 있을 때 아내가 달을 보면서 자신을 그리워 할 모습을 상상하여 쓴 시입니다. 이 시를 지을 당시 처자식은 굶기를 밥 먹듯 했고 끝내 아들 하나가 죽었다지요. 하지만 두보는 언제나 인간에게 따뜻한 관심을 가지고 인간성의 선량함과 지혜로 이 세상을 변화시킬 수 있다고 생각했습니다. 그는 시인 중의 공자라고 해서 '시성'이라 불립니다.

두보는 그가 겪었던 모든 고난과 가난의 시절 덕분에 시성이 될 수 있었습니다. 그에게 가난과 고난의 고통은 바로 가난과 고난으로 고통당하는 모든 이들을 위한 위로의 언어였고, 그 시를 읽는 독자들의 가슴을 따스하게 녹여 다시 살아갈 힘의 원천이 되어 주었습니다. 바로 구원의 시어였죠. 두보가 겪은 상실의 순간들이 없었다면 불가능한 시어들일 테지요. 이렇듯 고난은 누구에게는 위대함의 원천이 되고, 누구에게는 변명의 원천이 되기도 합니다.

프루스트에게 구원이 된 소설쓰기는 느닷없이 다가왔다고 합니다. 주인공은 게르망트 저택 서재에서 어린시절 어머니가 읽어주던 조르쥬 상드의 《프랑수와 르 샹피》를 다시 보는 순간 마술처럼 어린시절의 자아가 되살아났습니다. 잃어버린 시간의 부활은 주인공에게 커다란 환희와 삶의 진수를 맛보게 했고 글쓰기를 결심하게 합니다. 그 순간 글쓰기를 하나의 소명으로 생각한 주인공처럼 프루스트는 불멸의 작가가 되었지요. 그는 회의와 불안으로 보낸 아픈 시간을 극복하고 마침내 글쓰기를 통해 구원을 받게 된 것입니다.

많은 사람들이 상실의 시간과 그 시간이 주는 경고에 귀를 기울이지 못하고 그야말로 종말을 맞기도 합니다. 개인뿐만 아니라 기업이나 국가도 상실과 이로 인한 경고를 잘 되새기고 수용하면 새로운 터닝포인트가 되고 구원에 이를 수 있지 않을까요?

제5장

다시 고향…
작은 행복 그리움
가지 않은 길

아빠의 외로움을
알까

"아들, 아빠랑 목욕탕 가자."

"오늘은 친구랑 가기로 이미 약속을 했는걸요."

"……."

며칠 전 아들에게 목욕탕에 가자고 했는데 그만 무안을 당하고 말 았습니다. 작년까지만 해도 매주 아이와 목욕탕에 갔습니다. 목욕도 목욕이지만 그 시간이 '부자유친' 할 수 있는 기회가 되어 그런 날은 더욱 기분이 상쾌했지요. 그런데 스포츠센터에 정기등록을 하면서 아들과 대중목욕탕에 갈 기회가 부쩍 줄어들었지요. 매일 운동을 하고 사우나를 하고 집에 오니 굳이 요금을 내고 목욕탕에 가지 않아도 됐기 때문입니다.

아이와 목욕탕을 가는 횟수가 잘해야 두어 달에 한 번 갈 정도로 줄어들었지요. 당연히 부자유친의 기회도 줄었고요. 이전에는 음식물쓰레기를 버리는 짧은 시간을 '부자유친의 시간'으로 삼기도 했지만 그마저도 최근에는 뜸했답니다. 마음속으로는 이러면 안 되는데 하면서도 늘 바쁜 일상으로 인해 소중한 아들과의 목욕탕 미팅조차 뜸해졌던 것이지요.

그런데 이번 일요일에는 아이와 목욕탕에 가겠다고 마음먹고 스포츠센터도 빠졌는데, 아들은 아빠의 마음을 아는지 모르는지 친구와 이미 목욕탕행을 선약해 놓은 것입니다. 갑자기 한 방 얻어맞은 것 같은 기분이 들었지요. '아빠가 아니면 목욕탕에 가지 않던 아이가 언제 저렇게 훌쩍 커서 친구들과 목욕탕에 갈 정도가 되다니……' 순간 나도 모르게 가슴이 멍해졌습니다.

다음 주 일요일에는 반드시 아들과 함께 목욕탕에 가야겠다고 다짐 아닌 다짐을 하고 아들에게도 목욕탕 동행을 '선약'해 놓았지요. 오랜만에 목욕탕에 갈 일요일 저녁이 기다려졌습니다. 물론 그날은 일부러 스포츠센터에도 가지 않았고요. 아들과 함께 손을 맞잡고 목욕탕에 갔습니다. 언제나처럼 목욕탕에 들어가 이곳저곳 '순례'를 했지요. 작은 행복의 소중함이 다시금 가슴을 뭉클하게 했습니다.

저는 산을 좋아해 등산을 자주 하는데 아들이 동행하지 않으면 왠지 허전합니다. 아들이 함께하지 못하는 것은 커가면서 학원 일정이 많아졌기 때문인데 그럴 때면 일요일까지 학원에 가야 하느냐며 아내에게 역정을 내곤 했지요. 혼자 산에 가면 어쩐지 홀아비 같은 측은한 생각이 들지요. 목욕도 마찬가지여서 이제는 혼자서는 목욕탕에도 가기 싫어진답니다.

여행도 그렇답니다. 아내나 아들과 동행하지 않으면 어쩐지 기분이 '업'되지 않지요. '혼자서 구경하면 뭐하나' 하는 생각이 들고 이내 시큰둥해지곤 합니다. 대신 아내나 아이가 동행하면 나도 모르게 즐거워지지요. 제가 요즘 가장 좋아하는 라면이 '함께라면'입니다. 아내와 아들과 함께라면 모든 일이 즐겁습니다!

아내는 어제 저녁에 무슨 생각이 들었는지 앨범을 꺼내 들여다보고 있었어요. 가족이 함께 일본여행을 갔을 때 찍은 사진이며 아이가 초등학교에 입학했을 때의 사진을 꺼내 상념에 빠져드는 것 같았습니다. 얼마 안 된 시간인 것 같은데 사진 속 얼굴과 지금의 얼굴은 아내나 저, 아들 모두 조금은 달라져 있었지요. 그래도 몇 년 전 얼굴에는 지금보다 '젊음'이 싱그럽게 피어 있었다고 할까요. 특히 아이의 얼굴은 지금과 너무 달라 놀라울 정도였어요. 사진 속 아이는 유치원과 초등학교에 막 들어갈 때였는데, 사진마다 '살인미소'를 날리고 있었지요.

아들이 어릴 적에는 미소가 트레이드마크일 정도로 웃는 게 일품이었답니다. 그때 아이는 뭐가 그리 좋은지 하루 종일 싱글벙글거렸고 아들의 웃는 얼굴을 보면 모든 시름이 잊힐 만큼 좋았지요. 지금 생각하면 5년 전에도 아이가 꽤 컸다고 생각했는데, 사진을 보니 지금과 비교할 수 없을 정도로 어린아이의 얼굴 같았어요. 그런데 그

때도 아이가 다 컸다고 생각하고 잘못을 하면 두 손 들고 벌을 서게 했고 책을 제대로 읽지 않는다고 야단을 치기도 했지요. 성적이 제대로 안 나왔다고 큰소리를 치면서 윽박지르기도 했습니다. 그러면서 아이의 얼굴에서는 언제부터인지 웃음기가 사라져갔지요. 그렇게 잘 웃던 웃음 대신에 무표정한 얼굴을 자주 보였어요.

사진 속 아이 얼굴과 몇 년이 지난 지금 아이의 얼굴은 전혀 달라져 있었습니다. 웃음이 사라져가는 얼굴……. 그때 문득 아이의 웃음을 뺏은 것은 다름 아닌 부모의 욕심이라는 사실을 떠올렸습니다. 한창 뛰어 놀아야 할 나이인 아이에게 어른의 욕망을 투영시켜 그대로 따르도록 강요한 것이 아닐까. 어른의 시각으로 아이의 행동을 나무란 것은 아닐까. 아이는 그동안 얼마나 많은 상처를 받았을까……. 아이의 웃음이 사라지는 만큼 어쩌면 아빠의 외로움도 깊어가는 것인지 모르겠습니다.

아이에게 강요한 부모의 욕망이 크면 클수록 그에 비례해 아이의 얼굴에서 웃음이 사라졌을 것이라는 생각마저 들었습니다. 오늘 아침 집을 나서면서 아이에게 오천 원을 주었습니다. 평소 아이의 용돈은 아내가 관리해 아이에게 용돈을 따로 주지 않았어요. '아빠가 그동안 잘못해 웃음을 잃게 했는데 이 작은 정성으로 다시 '살인미소'를 날려줄 수 있는 거지?' 이렇게 독백을 하면서 집을 나섰지요.

부모는 부모의 기준으로 아이의 행동을 규제하려고 합니다. 부모

제5장 다시 고향 … 작은 행복, 그리움, 가지 않은 길

들도 다 어린시절이 있었지만 그 시절을 돌아보지 않지요. 하지만 한 번쯤 자신의 어린시절을 회상해보고 그 유년시절에 하고 싶었던 일들을 떠올려본다면 아이들이 무엇을 원하는지를 어렴풋이나마 알 수 있지 않을까요. 아이에게 아빠의 어린시절 이야기를 들려주면서 아이가 무엇을 가장 하고 싶어 하는지 물어보고 그 작은 소원을 들어주면 어떨까……. 그게 아이들이 잃어가는 미소를 찾아주는 묘약이 되지 않을까 생각해봅니다. 정말이지 아들의 얼굴에서 미소를 빼앗는 아빠가 되고 싶진 않습니다. 아이가 웃음을 잃는 만큼 아이와 아빠의 거리는 멀어질 테고 아빠의 외로움도 속절없이 커지기만 할 테니까요.

그런데 사람은 왜 다섯 살 이전 갓난아기 때의 기억은 잘 못하는 걸까요? 아주 고약한 농담에 의하면, 아기 때를 기억하면 부모에게 평생 죄스런 마음이 들어 고개를 들고 살아갈 수 없기 때문이라고 합니다. 똥오줌을 싸고 보채고 울고 앙탈부리고……. 이런 행동들을 모두 기억하고 있다면 특히 엄마에게 함부로 할 자녀는 거의 없을 테지요. 훗날 부모가 되면 얼마나 부모의 노고가 컸는지를 알게 됩니다. 자녀를 낳고 키우는 부모의 노고는 자녀를 낳는 순간부터 시작됩니다. 평생 자녀 때문에 애면글면하고 살아가는 게 부모의 숙명이라고 할까요.

어느 덧 세월이 흐르고 아들이 고3 수능을 마쳤습니다. 고3을 무사히 마친 것만으로도 고마워하고 있습니다. 저는 아들에게 이런 말을 해줍니다.

"좀 성급한 이야기지만 어쩌면 좋은 대학을 가는 것보다 더 중요한 것은 좋은 배우자를 만나는 것이다. 좋은 배우자를 만나려면 사람을 보는 눈을 키워야 한다. 사람 보는 눈은 책으로도 쉽게 배울 수 없는 것이다. 루소는 《에밀》에서 공부하고 책을 읽는 목적이 판단력을 키우는 데 있다고 했다. 아무리 많은 책을 읽고 공부를 잘하고 좋은 대학을 가도 판단력을 키우지 못하면 아무런 소용이 없다. 앞으로 성공은 훌륭한 판단력을 키우는 데 달려 있다. 그중에서 가장 판단력을 발휘해야 할 게 바로 좋은 사람을 만나는 것이다. 좋은 사람을 만나는 일 중에서 가장 중요한 일은 바로 네가 평생 함께 사랑하고 행복한 가정을 꾸려갈 좋은 배우자를 만나는 것이다."

돈이나 학벌이 좋은 배우자의 조건은 아닐 것입니다. 물론 돈이 많고 학벌이 좋고 여기에 더없이 좋은 인성을 가진 배우자를 만나면 금상첨화일 테지요. 하지만 세상일은 공평하다는 말이 있듯이 모든 것을 완벽하게 갖춘 사람은 거의 없지요. 저희 부부는 우스갯소리로 절에 가서 부처님에게 '지현착아부'라고 기도한답니다. 지혜롭고 현숙하고 착하고 아름다운 며느리를 얻게 해주세요, 라고 말이에요. 좀 주책맞지요? 그러나 좋은 배우자를 만나는 것만큼 중요한 인생사는 또 없을 것입니다.

아들은 원하는 대학에 가지 못했습니다. 아들은 고1 때 앓은 전정신경염 후유증인지 공부에 집중력이 떨어지더니 끝내 원하던 대학엘 가지 못했습니다. 그나마 장학금을 받아 아들도 저희 부부도 위안이 되었습니다. 부모 욕심은 접기로 했습니다.

"그래, 이제 새로운 시작에 나서는 우리 아들아. 아빠와 악수 한 번 하자!"

아들이 입학을 하던 날 이런 말을 나누면서 저도 모르게 눈물이 핑 돌았습니다. 아들도 아빠의 마음을 아는지 눈물을 글썽였습니다. 때로 최악의 선택이 최고의 결과를 가져오기도 하고, 최고의 선택이 최악의 결과를 내기도 합니다. 아들은 전자에 해당되기를 바라고 또 바랍니다.

지금 우리 사회는 모두 힘들다고 합니다. 더욱이 청년들은 더 힘들다고 합니다. 20대보다 30대가 가장 진보적인 계층으로 부상한 이유도 팍팍한 현실 때문일 것입니다. 그러나 동서고금 유사 이래로 그 어떤 시기에도 인류는 한 번도 힘들지 않은 적이 없습니다. 그 어떤 위대한 인물도 힘든 삶을 살지 않은 이들은 없습니다. 그러니 평범한 사람들은 오죽했을까요. 그러나 한번 성하면 한번 쇠하는 게 도인데 그 도를 어찌할 수는 없을 것입니다. 다만 양에서 음으로 빠져 다시는 헤어날 수 없게 될 때까지 방치해서는 안 되고 선제적으로 이를 예방하는 게 중요하다고《주역》에서는 말합니다. 그게 바로 '일음일양위지도(一陰一陽謂之道)'입니다.

《주역》의 말처럼 양은 언제까지 양으로 있지 못하고 음으로 진행됩니다. 그때 누군가는 음으로 완전히 전이되기 전에 다시 양의 기운을 되찾기 위해 애를 써서 전세를 양으로 전환하기도 합니다. 그런데 또 어떤 이는 음으로의 전환을 아무런 대책 없이 바라보다 음의 형세로 완전히 빠져들고 맙니다. 그러면 다시 일어나기는 정말 힘들게 됩니다. 그래서 주역은 좋다고 흥분하지 말고 나쁘다고 절망하지 말라고 합니다. 상황은 언제나 변하는 거니까요.

요즘 아들에게 양의 기운이 일어나고 있는 것 같습니다. 아들은 경영학과에 들어갔습니다. 그러다 반수를 해서 러시아어과에 새로 들어갔습니다. 그런데 모스크바에 있는 아우가 "승현이가 러시아어를 전공할 바에는 모스크바에 와서 공부하는 게 낫다"면서 먼저 모스크바대학교 예비학부에 다닐 것을 권했습니다. 아들은 입대 전에 예비학부를 다니면서 큰 세상을 경험하고 왔습니다. 군대에서도 자신만의 꿈과 목표를 세우고 열심히 공부하며 살아온 동료들을 보고서 많은 자극을 받은 것 같습니다. 휴일에는 입대 전에 한동안 손을 놓았던 책도 열심히 읽고 있다고 합니다.

대학을 졸업하면 아들도 서로 교감하고 궁합이 좋은 배우자를 만나 음양의 이치를 알아가면서 어려움을 견뎌내고 자신만의 꿈을 담금질하며 한 세상, 행복하게 살아가길 기원해봅니다. 지현착아부!

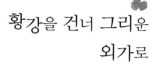

황강을 건너 그리운 외가로

외할머니가 돌아가셨습니다. 외할머니는 창원에서 외삼촌과 사셨는데, 몇 년을 노환으로 고생하셨습니다. 영정으로 뵙는 외할머니는 40여 년 전 제 어린시절의 모습 그대로였습니다.

문득 어린시절 외가에 다녔던 생각이 납니다. 저는 어머니를 무척 따랐습니다. 대부분 초등학교 5학년 때까지는 엄마의 치마폭을 벗어나지 못하지요. 저 역시 그랬습니다.

한번은 초등학교 수업을 파하고 집에 왔는데 엄마가 외가에 갔다는 것입니다. 저는 그 길로 외가로 향했습니다. 외가는 집에서 10㎞ 정도 떨어진 곳이었는데, 그곳을 가려면 강을 건너고 고개를 하나 넘어야 했습니다. 신작로를 따라 소년은 오직 해가 지기 전에 외가에 도착해야 한다는 생각만으로 길을 나섰습니다. 6㎞ 정도 가면 강이 있었습니다. 그 강이 바로 황강입니다. 황강은 거창에서 발원해서 합천을 거쳐 창녕으로 이어져 낙동강으로 흘러드는 지류하천이

179

지만 꽤 큰 강입니다. 외가에 가는 길목의 황강에는 공중다리(구름다리)가 있었는데 큰비가 와서 그만 떠내려가고 말았습니다. 구름다리가 없으니 직접 걸어서 강을 건너야 했습니다. 소년은 옷을 벗어 머리 위로 높이 치켜든 채 발가벗은 몸으로 성큼성큼 강에 들어섭니다. 한가운데로 들어갈수록 수심은 깊어져 코앞까지 물이 찹니다. 덜컥 겁이 납니다. 그래도 소년은 외가에 있는 엄마에게 가야 한다는 오직 그 하나의 생각으로 무섬증을 이겨내고 강을 건넙니다.

강을 건너면 마을이 있고 그 마을을 지나자면 또 동네아이들의 텃세를 이겨내야 합니다. 때로는 행패를 부리기도 합니다만 다행히 동네를 벗어나면 이내 고개로 접어듭니다. 소년은 다시 무섬증이 생기지만 땀을 흘리면서 고개를 향해 올라갑니다. 산마루에 올라서면 저아래 동네가 보이고 아, 그곳에 엄마가 있다는 생각에 종종걸음을 치며 외가를 향해 달려갑니다.

외할아버지와 외할머니가 살던 조그마한 집에 들어서면 "아이구 이놈아, 여기가 어딘 줄 알고 왔어" 하시는 외할머니의 반가운 목소리에 그만 눈물이 글썽합니다. 그 어린시절이 하염없이 그립습니다. 80년대 합천댐 건설로 공중다리도 그 밑의 황강도 지금은 거대한 호수에 잠기고 말았습니다. 어린시절의 추억도 덩달아 그 물 속에 잠겨버린 것 같습니다.

동화작가인 영국의 로알드 달(1916-1990)은 《찰리와 초콜릿공장》,

《마틸다》 등으로 국내에도 잘 알려져 있습니다. 그가 동화작가로 성공할 수 있었던 원천은 다름 아닌 그의 어머니였다고 합니다. 어머니는 그에게 어린시절 동화를 즐겨 들려준 타고난 이야기꾼이었습니다. 또 아들에게 노르웨이에 있는 외갓집을 자주 여행하게 하면서 모험정신을 익힐 수 있게 했다고 합니다.

저에게도 그렇지만 외가는 대부분 아이들에게 어린시절의 추억을 떠올릴 수 있는 명소로 자리 잡고 있습니다. 특히 외가는 인간에 대한 사랑과 신뢰감뿐 아니라 상상력을 불러일으켜 주는 창작의 공간으로 작용하기도 합니다.

외가를 생각하면 자연스레 율곡 이이가 떠오릅니다.

"율곡은 복을 타고난 사람이라 할 수 있다. 첫째는 어머니를 잘 만났고, 정 깊은 외할머니의 사랑을 듬뿍 받으며 생활할 수 있었다는 것이다. 서울에 살면서도 자주 강릉 외가로 달려갔고, 그곳에서 안식을 찾으며 새로운 삶의 의욕도 불러일으킬 수 있었다…… . 다음으로 율곡에게는 자기를 알아주고 성심으로 대하는 사람들이 주위에 있었다. 친구인 성혼을 위시해 송강 정철 등 아끼고 이해해주는 친구들이 있었을 뿐만 아니라, 사암 박순 등 재주를 인정하고 이끌어주고자 하는 좋은 선배들이 있었다.…… 마지막으로 퇴계보다 뒤에 태어났으나 얼마 동안 같은 시대에 살 수 있었다. …… 퇴계가 앞서 길을 닦아 탄탄하게 다져놓았기에, 그 기반 위에서 율곡은 자신의 철학체계를 구축해 나갈 수 있었다고 볼 때, 어찌 복이 아니겠는가."(이종호의 《율곡》에서)

어린시절의 외가는 추억의 공간입니다. 외할머니의 손자손녀 사랑은 그 어떤 사랑에 비견할 수 없죠. 그 추억이 없다면 어쩌면 유년시절은 텅 빈 선물상자와 같을 것입니다. 어머니인 신사임당이 결혼하기 전까지 사랑을 듬뿍 받으며 자란 곳에서 그 아들인 율곡 또한 외할머니의 사랑 속에 자랐지요. 율곡은 외가에서 태어나 6살까지 외할머니의 보살핌 속에서 성장했습니다.

사임당은 돌아가시면서 남편 이원수에게 "똑똑한 아들만으로도 행복할 수 있을 것입니다. 결코 새장가를 가지 마세요"라고 유언을 했습니다. 그러나 아버지는 상민 출신의 첩(권씨 부인)을 들였는데, 율곡은 마음고생이 이루 말할 수 없었습니다. 결국 가출을 해서 일 년 동안 금강산에 들어가 스님이 되려고 했습니다.

다시 마음을 잡고 세상으로 나온 스무 살의 그가 찾아간 곳이 다름 아닌 강릉의 오죽헌 외가였습니다. 외가에서는 외할머니가 등을 어루만져주며 용기를 주었습니다. 외할머니에게서 삶의 위안을 얻은 율곡은 과거 공부에 매진해 결국 수석합격을 할 수 있었지요. 율곡에게 외가가 없었다면 어쩌면 대학자 율곡도 없었을지 모릅니다.

외가로부터 받은 무한한 사랑은 훗날 율곡이 거친 세파를 헤쳐 나가는 데 인생의 든든한 후원자 역할을 했기 때문입니다.

고등학교에서 교장으로 재직하신 외삼촌께서 정년퇴임을 하셨습니다. 초등학교와 중학교시절 진주 외삼촌댁에 가는 게 방학 때의 즐거움이었습니다. 그 외삼촌께서 이제 머리가 새하얗게 되셨고 오랜 교단생활을 마감하셨습니다. 은퇴라는 말만큼 삶의 긴 여정을 상기시키면서 아쉬움을 느끼게 하는 단어도 없을 것입니다. 저 역시 삶이 다하는 날까지 쓰고 싶습니다만 언젠가는 글쟁이로서 은퇴해야겠지요.

"이제부터 할 수만 있다면 유서를 남기는 듯한 그런 글을 쓰고 싶다."

법정스님의《홀로 사는 즐거움》에 나오는 말입니다. 매순간 이런 절박함을 가지고 살아간다면 살아 있다는 자체만으로도 행복하지 않을까요. 나 또한 그렇게 살아갈 수 있기를…….

다시 추워지는 날씨에 몸은 움츠러들지만 그럴수록 그리운 추억들이 새록새록 생각납니다. 오, 돌아갈 수 없는 날들이여…….

아우를
떠나보내며

일 년여 만에 귀국했다가 다시 모스크바로 돌아가는 아우를 배웅했습니다. 그 전날 모처럼 만난 아우와 지난날에 대해 이야기를 하면서 아우의 가슴속에 묻어 두었던 소중한, 그러나 트라우마가 되어 버린 이야기들을 들었습니다.

아우에 따르면, 초등학교 3학년 때쯤 한번은 형에게 대들고 말았습니다. 형제가 많은 집에서 흔히 있는 일이죠. 그런데 때마침 이 장면을 목격한 아버지께서 부지깽이를 들고 "왜 형에게 대드냐"고 야단치면서 머리를 때렸는데 그만 피가 났다고 합니다. 아버지께서도 깜짝 놀라 급히 된장을 발라 주셨습니다. 아마 아버지도 마음으로 많이 우시지 않았을까요. 아우는 막내인 자신보다 형을 나무랄 줄 알았는데 막내를 그렇게 혼내신 아버지를 그때는 많이 원망한 모양입니다. 마음에 맺힌 이야기를 이제야 형에게 털어놓았습니다. 아우가 그때 얼마나 마음이 상했을까 생각하니 눈시울이 붉어졌습니다.

나에게 돌아오는 시간

오늘 산책을 하면서 그 장면이 내내 마음에 자리를 잡아 떠나질 않았습니다. 저는 그 예전의 아버지보다 더 나이가 들었고 그때 소년이던 동생의 모습보다 더 훌쩍 커버린 제 아들 생각으로 마음이 무거워졌습니다. 아이들은 아버지의 사소한 행동 하나에 때로는 육체의 상처보다 더 큰 마음의 상처를 입고 트라우마를 겪기도 합니다.

그때 아버지께선 왜 형을 나무라지 않고 막내인 동생을 심하게 대했을까. 형제가 많던 집안이기에 형제간의 질서를 확실하게 잡으시려고 그랬던 걸까…….

> 마당에 서 있는 오동나무야/삼 년에 세 번 너를 봤구나./
> 재작년에 영주로 떠날 때에는/내가 막 양주에서 돌아왔었지./
> 금년에 또 정주로 떠나가나니/이제는 백발이라 돌아올지 모르겠네.
> ……
> 밤비는 공연스레 처량하게 내리네./일어나 오동나무 가지를 꺾어/
> 그대에게 주고는 천리 길을 떠나나니……
>
> ─ 《소동파시선》, 지만지, 2008, 146쪽

소동파의 〈빗속에 아우를 작별하며〉라는 시입니다. 정주 태수로 임명되어 떠나기 전 1093년 9월 23일 동생의 관저에서 동생과 작별하며 지은 시입니다. 작별은 늘 아쉬움과 회한을 불러 일으킵니다.

제5장 다시 고향 … 작은 행복, 그리움, 가지 않은 길

따지고 보면 가족들과 보내는 시간은 그리 길지 않습니다.

금방 아내는 아들과 피자를 먹으면서 아들에게, "지금 이렇게 피자를 먹는 게 얼마나 행복한지 너는 모를 거야!" 라고 말합니다. 지나고 보면 가족이 둘러앉아 밥을 먹거나 티격태격하면서 사는 시간은 실제로는 얼마 되지 않습니다. 유아기는 기억이 없고 여섯 살 때쯤 기억의 시절이 시작되면 이때부터 대략 고교시절까지가 가족이 보내는 절정기라고 할 수 있습니다. 그 이후에는 아이가 대학에 가고 본격 연애를 시작하고 군대를 가고 미래를 준비하면서 거의 '탈가족'의 준비단계로 들어서게 됩니다. 결혼을 하고 새 가정을 일구면 그때는 아이도 새로운 가족의 리더가 되어 세상으로 나아갑니다.

형제관계도 마찬가지입니다. 제가 대학을 마치고 직장생활을 시작했을 때 아우는 취업준비를 시작한 대학 4년생이었습니다. 불현듯 지금이 아니면 아우와 보낼 시간도 없겠구나 하는 생각에 자취하던 원룸을 나와 아우의 단칸 자취방에서 함께 살았습니다. 생활은 열악했지만 아직도 기억에 남아 불쑥 떠오르는 시간들입니다.

그때 아우는 국가정보원에 시험을 치려고 했습니다. "그러지 말고 다른 길을 찾아보자"고 했습니다. 형의 조언을 받아들였던지 아우는 교환학생 프로그램에 도전했고 운 좋게도 얼마 후 모스크바로 떠났습니다. 그곳에서 박사학위를 받고 러시아인을 아내로 맞아 모스크바에서 사업가로 살아가고 있습니다.

나에게 돌아오는 시간

참으로 모진 추위가 삶을 지배하는 그곳 고골리의 소설《외투》에서처럼 외투를 도둑맞으면 유령이 되어 외투를 찾아나서는, 겨울을 나기 위해서는 가죽으로 된 외투가 필수품인 그곳.

"아우는 계속 러시아에서 살 건가?"

"가족이 있는 모스크바에서 살아야지요. 다만 추운 겨울 동안은 한국에서 지내고 싶어요. 여유가 생기면 고향이나 제주도에 땅을 살 계획을 세워두고 있어요."

"그래 잘 생각했다."

저는 그 말을 들으면서 동생의 뼛속 깊이 향수병이 깃들어 있음을 눈치챘더랬습니다.

소은은 못 이루고/ 중은이나 하나니/ 길이길이 한가하게 지낼 수만 있다면/ 잠시잠시 한가함보다 나을 테지만/ 내 본시 집 없거늘/ 더 이상 어디로 가나?/ 고향에는 이리 좋은 호수와 산도 없는데…….

소동파의 〈망호루에서 술에 취해 제5수〉라는 시인데 여기에는 소은과 중은, 대은이 소개되어 있습니다. 소은은 벼슬을 버리고 산림에 묻혀 은거하는 것이고, 중은은 한직에 있으면서 마음의 여유를 가지며 정신적으로 은거하는 것이며, 대은은 조정과 시가지에 사는 것이라고 합니다.

　인간은 예부터 자연에 깃들여 살기를 꿈꾸었나 봅니다. 도연명의 〈귀거래사〉나 〈도화원기〉는 전원생활의 이상향을 담고 있습니다. 4,5세기에는 지금처럼 도시문명이 발달하지 않았고 대부분 농사를 짓고 살았을 터인데도 말이지요. 당나라 때 시불(詩佛)로 불린 왕유는 중년부터 장안 부근의 종남산에 '망천별장'을 마련해 은거할 정도였지요.

　아우의 이야기를 들으면서 문득 외국에 사는 교포들은 언젠가는 고향으로 돌아가는 계획 또는 꿈을 가지고 산다는 생각이 들었습니다. 서울이나 도시에서 살아가는 대부분 사람들이 전원이나 고향으로 돌아가 '저 푸른 초원 위에 그림 같은 집을 짓고' 자연에 사는 이른바 '소은'이 꿈이듯이 해외에 사는 이들의 꿈도 다르지 않다는 것을 아우의 말을 통해 확인한 듯합니다.

　그러나 예나 지금이나 '소은'을 이루기 어렵듯이 동생의 꿈도 쉬 이루어지지는 않을 것입니다. 그래도 추운 이국 땅에서 살고 있는 아우를 생각하면 작은 집이라도 고향에 마련해 한국을 방문할 때면 잠시 들러 여독을 풀 수 있으면 좋겠습니다.

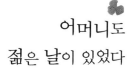

어머니도
젊은 날이 있었다

 스님들은 새벽 3시에 일어나 목탁을 두드리며 절을 돌면서 자신을 깨우고 미물을 깨웁니다. 그리고 3시 30분에 염불을 시작하지요. 16년 전 결혼을 하고 맞은 첫 여름 휴가를 대구시 달성군 유가면에 있는 유가사에서 보낸 적이 있습니다. 새벽 3시에 주지스님의 성화에 못 이겨 잠을 깼습니다. 물론 저와 아내는 이내 다시 잠자리에 들었지만, 새벽 3시에 온 만물을 깨우는 스님들의 산중 질서에 감탄을 했습니다.

 저는 어릴 적부터 아침 6시에 일어나는 것도 힘들어 했습니다. 합천 두메산골에서 태어난 저는 여름날 이슬이 풀잎마다 맺힌 길을 소를 먹이러 나서야 했습니다. 우리집 4남 1녀의 아들들은 순서대로 소먹이는 당번을 해야 했습니다. 큰형 다음에 작은형 그리고 세째인 제가 그 다음을 맡았는데 소먹이는 당번은 중학교에 들어가면 해제

되었습니다. 제가 중학교에 들어가면서부터는 막내가 맡았지요. 지금도 소를 먹이러 나갈 때 신발을 적시던 풀잎이슬이 주는 감촉을 잊지 못합니다. 그게 당시 시골 소년들이 아침을 여는 풍경이었습니다. 지금은 소먹이는 소년을 볼 수 없습니다. 더 이상 우리는 농경사회에 살고 있지 않기 때문입니다.

풀잎이슬 이야기에 언뜻 생각나는 글이 있습니다. 강릉이 고향인 이순원 작가는 어린시절 중학교에 가기 위해서 산길을 넘고 넘어야 했습니다. 그래서 학교에 가기 싫으면 도중에 땡땡이를 쳤다고 하죠. 아침마다 이슬이 맺힌 풀을 밟으며 등교하기가 싫었기 때문입니다. 그러자 보다 못한 어머니가 막대기를 들고 앞장서서 학교에 가자고 했다지요. 어머니는 막대기를 들고 몇 미터 앞장서서 걸어갔습니다. 막대기를 왜 들었냐구요? 바로 아들의 발이 이슬에 젖지 않게 앞서 풀잎의 이슬을 털었답니다. 막대기는 이슬털이용이었던 것입니다. 물론 매번 어머니가 이슬을 털어주시지는 않았지만 이순원 소설가는 어머니의 그 정성을 아직도 잊지 못하고 있습니다. 그 순간은 바로 워즈워스가 알프스 여행에서 얻은 '시간의 점'(워즈워스가 말한, 삶에서 선명한 기억으로 찍혀 평생 우리를 재생시키고 고양하는 힘을 주는 어떤 순간)으로 이순원 작가에게도 남아 있는 것입니다.

때로 어머니가 그립습니다. 옆에 계시지 않으면 더욱 그리워지는 대상이 바로 어머니이고 아버지입니다. 몇 주 전 일요일에 아들과 함께 집 뒤의 인왕산 산행에 나섰습니다. 정상을 거쳐 기차바위를 지나 하산길을 잡았습니다. 기차바위를 지나서 시원한 바람이 불어 바위에 잠시 앉았습니다. 그리고 누웠습니다. 바위에 누워 하늘을 보면 정말 마음이 편해집니다. 서서 하늘을 볼 때와 누워서 하늘을 볼 때는 천양지차입니다. 그 이유는 아마도 누워서 보면 심리적인 안정상태가 되기 때문일 것입니다. 누워서 구름이 흘러가는 광경을 보았습니다.

그리고 내려오는 길에 우연히 작은 암자에서 흘러나오는 음악을 들었습니다. 바이올린 연주였는데, 멜로디가 아주 귀에 익은 슬픈 음색이었습니다. 저 곡의 제목이 뭐더라…… 하면서 선율을 중얼거렸는데 다름 아닌 어버이날에 부르는 '어버이 노래'였습니다. 그 노래가 어머니에 대한 그리움을 불쑥 불러일으켰습니다.

니코스 카잔차키스의 《영혼의 자서전》은 그가 죽기 2년 전부터 죽기 전까지 쓴 작품입니다. 출생에서부터 청년시절까지의 방황과 여행 등 삶의 격정을 그린 이 자서전은 참으로 울림이 큰 글들로 채워져 있습니다. 이 책에서 그는 이탈리아를 여행할 때 만난 한 할머니를 그리면서 그 할머니의 주름진 얼굴에서 아주 오래된 젊은 미인의 얼굴을 떠올립니다.

우리들 어머니도 한때는 10대였고 20대였습니다. 그 누구보다 눈부신 날들이 있었습니다. 하지만 자식을 키우시다 어느새 주름살이 늘어나고 어느 결에 할머니가 되셨습니다. 어느 날 저의 어머니도 할머니가 되어 제 가슴을 아프게 했습니다. 전에는 그저 어머니였는데, 어느 날부터 갑자기 할머니가 되어 있었습니다. 척추를 크게 다치셔서 몸을 가누지 못하는 어머니와 산책을 하다 아버지와의 신혼 때 이야기를 들은 적이 있었습니다. 어머니는 열여덟 살 때 묵신행 풍습을 치르며 결혼을 해서 누나를 낳았습니다. 18세에 말이지요! 그때 저는 처음으로 어머니도 순백의 처녀시절이 있었고 젊은 새색시 때가 있었다는 것을 갑자기 깨달았습니다. 왈칵 슬픔이 밀려왔더랬지요. 제 앞에는 이제 백발의 병든 어머니가 휠체어에 앉아 있었습니다.

고향땅에
집을 지으며

　아주 우연하게 고향에 땅을 샀습니다. 지금은 합천호가 들어서 있는 곳이 제가 청소년기를 보내고 군복무를 했던 곳입니다. 마을에는 '옥계서원'이 있습니다. 옥처럼 맑은 물이 흐르던 곳이라고 해서 그 이름을 딴 곳입니다. 그곳에 1986년까지 마을이 있었는데 합천호가 생기면서 거의 잠겼고 이제 마을은 윗자락만 삐죽이 얼굴을 내밀고 있습니다. 그곳에 옥계서원을 옮겨 재건을 했고 그 아래에 청소년기 때 또래 친구들과 밤마다 회합을 가졌던 사랑채가 있었습니다. 그 사랑채가 있던 자리가 매물로 나와서 그 땅을 매입했습니다. 그 땅은 4년 전에 한 번 사려고 했던 땅인데 이런저런 연유로 사지 못해서 더욱 아쉬워하던 차였습니다. 그런데 이번에 정말 우연히 그 땅을 사게 되었습니다. '간절하게 원하면 이루어진다'는 말을 실감했습니다.

　합천호가 내려다보이는 고향에 집을 지으면서 한두 가지 작은 변화가 일어났습니다. 그중 하나가 친척들로부터 인사받기입니다. 논밭이 많지 않은 두메산골이어서 그곳에 살던 친척들은 이미 오래전에 하나둘씩 고향을 떠났습니다. 제가 대학 1학년 때 서울 친척집에서 '입주과외'를 했는데 그 집도 오래전에 고향을 떠난 먼 친척이었습니다. 대학을 다니던 1980년대는 과외가 금지되었는데 시골서 서울로 유학 온 대학생들 사이에선 입주과외가 성행했습니다. 친척집에 거주하면서 하는 과외지도이기에 명목상 불법을 면할 수는 있었습니다. 저뿐만 아니라 함께 같은 대학에 다닌 친형도 입주과외를 했습니다. 저는 그때 서울 신길동에 사는 그 먼 친척을 처음 봤습니다. 그 친척의 자녀는 저보고 '할배'라고 불렀습니다. 항렬이 높으면 총각도 할아버지가 되지요.

제가 고향에 집을 짓기 시작한 후 부산에 사시다 울산에서 노년을 보내고 계신 아재가 전화를 주셨습니다. 그러다 아재의 예전 이야기 한 토막을 들려주었습니다.

"그때는 쌀 한 톨이 없어 굶어죽을 지경이었다. 그런데 네 아버지가 친척들 집을 돌아다니면서 쌀을 꾸어서 쌀 한 가마니를 갖다 주었다. 네 아버지 덕분에 우리가 살았다."

아재는 지금 팔순이 넘었는데, 제가 태어나고서 얼마 안 있어 고향을 떠나 부산으로 이사를 갔습니다. 거기서 삼양라면회사에 다니며 생계를 꾸려 자식들을 키워냈습니다. 아재로부터 그런 이야기를 들으면서 저는 정말 코끝이 시큰했습니다. 아재는 어려운 시절을 잊으면 안 된다고 하시면서 이후에도 그 이야기를 두세 번 더 들려주었습니다.

고향에 집을 짓고 난 후에 친척들의 격려 어린 인사 외에 가장 많이 듣는 이야기가 바로 아버지와 어머니에 대한 이야기였습니다. 재종형은 "당숙부(아버지)는 시대를 한참 앞서간 분이다. 뜻대로 안 되니까 술로 달래다 그만 세상을 뜨셨다"라고 거푸 말씀하셨습니다.

저는 1970년대 초에 이미 비닐하우스에서 재배한 토마토를 먹었습니다. 지금도 토마토를 한 입 베어 물면 그 특유의 향기가 저를 어린 시절로 데려가곤 합니다. 70년대 초에 토마토를 비닐하우스에 재배할 정도로 아버지는 한발 앞선 영농을 했습니다. 또 가마니를 만드는 기계를 들여와 짚으로 가마니를 짜서 팔기도 했습니다. 제가 중학생 시절 어느 가을날 아버지는 기계 한 대를 가지고 왔습니다. 짚을 이용해 새끼를 꼬는 기계라고 했습니다. 다들 앉아서 사람 손으로 새끼를 꼬던 시절이었는데 어떻게 아셨는지 새끼 꼬는 기계를 구입한 것입니다.

그날 이후 그 새끼 꼬기의 주인공은 바로 저였습니다. 하루 서너 시간씩 기계를 발로 돌리면서 손으로는 짚을 넣어 새끼를 꼬았습니다. 잘 하면 하루에 두 타래 정도 했습니다. 겨울마다 저는 50타래 이상 새끼를 꼬았습니다. 그 대가는 진주 등 도회지 구경이었습니다.

어린시절 도회지에 나가 큰 세상을 만나는 게 참 즐거웠습니다. 제가 아버지가 돌아가신 후 아무런 연고도 없이 또 아무런 경제적 지원책도 없이 서울로 대학을 온 것은 바로 큰 세상에 대한 겁 없는 동경이었을 것입니다.

아버지 이야기 못지 않게 어머니에 대한 인사치레를 받는 것도 고향에 집을 지으며 생긴 변화 중 하나입니다. "중촌아지매가 얼마나 고상했는지 모린다. 자식들이 공부를 잘하는 게 원수지……. 남편 없이 혼자서 자식들 공부시키느라 한시도 가만히 있지 못했다 아이가." 또는 "중촌댁이 자식들 때문에 그리 고생하더니 아들이 돈도 많이 벌고 성공했네"라고 말하기도 합니다.

지난 연말 경로당에 커피믹스 한 박스와 두유를 선물로 드렸더니 이구동성으로 어머니를 입에 올리셨습니다. 사람이 돈 좀 벌면 고향에 집을 짓는다는 말이 있는데 저도 그 행세를 하고 있습니다. 물론 저는 큰돈을 벌지 못했습니다. 제가 급히 집을 지은 것은 졸지에 척추를 다치셔서 거동을 하지 못해 요양병원에 입원하신 어머니를 더 자주 찾아뵙기 위해서랍니다. 대개 좀 살만하면 부모님은 세상에 계시지 않거나 병상에 있다는 말처럼 저 역시 그런 신세입니다.

부모님은 4남1녀를 두셨는데 아들들이 모두 대학을 나온 것과 달리 장녀인 누님은 초등학교 학력이 전부입니다. 큰형이 진주에서 고등학교에 입학하자 아버지는 누나에게 큰형 뒷바라지를 전담시켰습니다. 누나는 졸지에 섬유공장에 들어가 남동생 셋의 뒷바라지를 했습니다. 새해 첫날 저는 진주 중앙시장에서 건어물 가게를 하고 있는 누나를 방문했습니다. 새해 첫날에도 어김없이 가게를 열고 있었습니다. 아내와 저는 누나에게 식사 한번 대접하지 못했다면서 점심을 함께 하자고 했습니다. 마침 전화를 했더니 컵라면으로 점심을 때울까 했다고 하면서 어서 오라고 했습니다. 다행히 누나의 얼굴은 예전보다 더 건강해 보였습니다.

고향 인근에 귀향해서 살고 있는 이모댁을 방문했습니다. 그 이모는 아버지의 중매로 지금의 이모부와 결혼했습니다. 그런데 이모부가 뇌종양으로 치료중이라고 했습니다. 나이는 또는 뜻하지 않는 질병은 그 누구도 피해가지 못하는 것을 다시 한번 느꼈습니다. 그 이모는 제가 어릴 때 처녀시절 우리집에 와서 제 손을 씻어 주었습니다. 그때 분내음이 지금도 콧등을 간지럽힙니다. 그 이모도 이제는 초로의 나이가 되었습니다.

해거름에 고향의 새 집에 도착해서 이내 군불을 넣었습니다. 온돌은 여전히 따뜻했습니다. 이번에 온돌을 놓으면서 우리 온돌이 참으로 과학적이라는 것을 알았습니다. 온돌은 두께가 두꺼우면 처음 불을 넣을 때 시간이 좀 걸리지만 한번 달궈진 다음부터는 군불을 얼마 넣지 않아도 온기가 잘 유지되었습니다. 그리고 신기하게도 윗목부터 따뜻해지기 시작해 최종적으로 아랫목이 데워졌습니다. 윗목은 온돌이 얇고 아랫목은 두껍기 때문입니다.

저녁이 되자 재종(6촌)형과 형수, 당숙모가 마실을 왔습니다. 형수는 올 때 말린 감을 가져왔습니다. 아랫목 이불을 사이에 두고 이야기꽃을 피웠습니다. 참으로 오랜만에 맛보는 정경이었습니다. 그날 재종형님은 또 아버지 이야기를 하셨습니다.

이튿날 당숙모를 모시고 대구 요양병원에 입원 중인 어머니 문병을 갔습니다. 오랜만에 만난 두 분은 눈물만 찍어내고 계셨습니다. 새색시 때부터 함께 모진 세월을 견뎌온 분들이기에 복잡한 심사를 능히 헤아릴 수 있었습니다.

고향에 집을 지으면서 돌아가신 아버지와 어머니가 여전히 기억 속에서 살아 있다는 것을 새삼 깨달았습니다. 빅터 고어츨의 《세계적인 인물은 어떻게 키워지는가》라는 책에서는 비록 실패했다 해도 열정적인 삶을 산 아버지가 있다면 자녀에게 큰 영향을 끼친다고 말합니다.

"자기주장이 강한 가정의 출신 자녀는 부모에게 반항하기보다 오히려 부모를 모방한다. 아버지가 자신의 신념으로 고생하고 실패하는 모습을 보이더라도 자녀가 성공하는 데 아무런 장해가 되지 못했다. 저명인사 4분 1은 아버지가 실패자였다."

나에게 돌아오는 시간

이 책에서는 미국 도서관에 전기나 평전이 있는 세계적 인물 400명을 분석한 결과 이런 흥미로운 사실을 분석했습니다. 이에 대한 사례로는 버락 오바마 대통령이 해당될 수 있을 것입니다. 케냐가 조국인 오바마의 아버지는 하와이대학교를 거쳐 다시 하버드대학에서 공부하기 위해 아내와 아들 곁을 떠났고 학업을 마친 후에는 하와이로 돌아오지 않았지요. 그 이유는 조국의 발전에 기여하겠다는 신념으로 케냐로 돌아갔기 때문입니다. 오바마의 아버지는 조국의 발전을 위해 헌신했지만 당초 갈망했던 꿈을 이루지 못한 채 세상을 떠나고 말았지요. 하지만 가난한 조국을 위해 헌신하겠다는 신념으로 가족마저 떠난 오바마 아버지의 열정적인 삶의 철학은 버락 오바마에게 이어졌고 그는 흑인 최초로 미국대통령에 올랐던 것입니다. 오바마에게 아버지의 신념과 철학이 없었다면 오늘날의 오바마는 존재하지 않았을지도 모릅니다. 제 아버지도 비록 성공한 삶을 살지는 못했지만 아버지의 열정적인 삶은 지금도 제 가슴속에 살아 있습니다.

새로 지은 집의 당호를 '지지산방'으로 지었는데, 노자의 말이 생각났기 때문입니다. "족함을 알면 욕됨을 당하지 않고, 그칠 줄을 알면 위태롭지 않으니 편안하게 삶이 장구하리라." 이는 노자의 도덕경에 나오는 말인데 지족불욕 지지불태 가이장구(知足不辱 知止不殆 可以長久)의 앞 글자에서 따온 말입니다. 살아갈수록 욕망을 줄이는

제5장 다시 고향 ⋯ 작은 행복, 그리움, 가지 않은 길

게 쉽지 않다고 생각했기 때문입니다.

그런데 아버지는 어린시절 술만 드시면 늘상 "아는 것이 힘이다. 배워야 산다"고 입버릇처럼 말씀하셨지요. 그 아버지의 육성이 '지지산방'으로 현판을 만들게 한 요인이기도 합니다. 지지는 노자의 도덕경에서 따온 말이지만, 말 그대로 풀이하면 아버지에게 익히 들었던 그 '앎'의 중요성을 강조한 것이라고도 할 수 있지요.

그럼 훗날 제 아이는 저의 나이쯤 되어서 혹은 제가 죽은 후에 저를 어떻게 기억할까요? 남몰래 음덕을 베푼 적은 있는지 반성하게 됩니다. 그보다 선친처럼 제 아들에게 살아 있는 정신과 아버지의 넓은 사랑을 마음속에 새겨주었는지 되물어봅니다.

아버지 요인

    늦깎이로 대학원 박사과정을 공부할 때는 밤을 지새우기 일쑤였습니다. 그때는 분주하고 바쁘게 보내는 것이 전부인 줄만 알았습니다. 그러다 어느 날 덜컥 겁이 났습니다. 생각해보니 생활에는 거의 무관심했습니다. 아내에게 모든 것을 맡겨놓고 저는 공부한답시고 미래준비나 노후대책은 뒷전이었습니다. 건강도 엉망이었습니다. 가슴에 통증을 느끼고 허파꽈리에 이상이 있다는 의사의 말을 듣고도 담배를 피웠습니다.

    38살 때 어느 봄날 휴일을 맞아 아내와 아이와 함께 임진각에 가서 파전에다 막걸리를 먹은 적이 있습니다. 철로 옆에서 먹던 그 기억이 새롭습니다. 그때 아내가 사진을 찍었는데 그 사진 속 사내의 얼굴은 마치 환자처럼 거무튀튀했습니다. 아내는 그때를 기억할 때마다 정말 그때 건강이 좋지 않았다고, 계속 그대로 살았다가는 뭔일이 일어났을 거라고 말합니다. 그리고 그해 9월, 캐나다 출장길에서 담배 케이스에 그려진 충격적인 폐암 사진을 보고 금연에 돌입해 성공했지요.

신문기자를 그만두고 정말 우연하게도 자녀교육 관련 책을 쓰다 보니 제 삶이 변하기 시작했습니다. 그야말로 글이 삶을 구속한 것입니다. 글쓰기야말로 삶을 변화시키는 시작임을 그때 알았습니다. 자녀교육 관련 글을 쓰고 책을 펴내고 칼럼을 쓰면서 그 글의 내용들이 제 삶을 하나씩 변화시키기 시작했습니다. 까닭 없이 어린시절이 떠오르기 시작했습니다. 그 시절 어떤 의미인지도 몰랐던 일들이 소중한 의미를 지닌 채 다가오기 시작했습니다. 어린시절의 그날들은 짧지만 강렬하게 남아 있는 기억들이기에 더 깊은 의미로 다가왔는지 모릅니다.

또 요절한 아버지가 불쑥불쑥 제 삶 속으로 들어왔습니다. 아버지는 산책을 하다가도 불쑥 현존하기 시작하더니 시간이 갈수록 더 자주 현존하기 시작했습니다. 말하자면 '부재의 현존'이라고 할 수 있는데, 어쩌면 이 부재의 현존이야말로 현존재보다 더 강력한 존재가 아닌가 하는 생각이 들 정도입니다.

그런데 스테판 폴터가 쓴 《모든 인간관계의 핵심요소 아버지》라는 책을 읽으면서 의문이 풀렸습니다. 이 책은 아버지에 대해 정신분석학적인 접근을 보여줍니다. 내놓고 심각하게 설명하지 않고 여러 사례를 들어 역사적인 맥락에서 아버지를 고찰합니다. 여기에

나에게 돌아오는 시간

'아버지 요인(father factor)'이라는 용어가 나오는데 이 말은 아버지는 인간관계 전반에 영향을 미치는 존재라는 뜻입니다.

> "아버지 요인이란 우리 각자의 마음속에 자리 잡고 있는 아버지의 태도, 행동, 가치, 직업윤리, 그리고 자신과의 관계 유형 등을 의미한다. 즉 사람들이 조직생활을 힘들어하고 인간관계를 제대로 풀어나가지 못하고 있다면 상당부분은 아버지의 문제에 기인한다."

이 말은 아버지가 현존하든 부재하든 상관없이 특히 어린시절 각인된 아버지의 상은 한 인간이 자라면서, 특히나 사회생활을 하면서 모든 사고와 행동을 좌우할 정도라는 것입니다.

그런데 이를 인지할 수 있는 시간은 결코 빨리 다가오지 않습니다. 누구나 그렇듯이 아버지란 존재는 더구나 청소년기에는 성가신 존재로 느껴집니다. 툭하면 잔소리를 해대고 자식의 생각을 규율하려 드니까요.

그러다 마흔이 지나서 어느 날 문득, 아버지가 가슴속에서 꿈틀거립니다. 아버지가 생각나기 시작합니다. 예전보다 약해진 아버지의 모습이 떠올라 자기도 모르게 눈시울이 붉어지기도 합니다. 또는 돌아가신 아버지가 돌연 생각나 놀라기도 합니다. 길을 가다가, 버스를 타다가, 창밖을 보다가 문득 어린시절의 아버지가 생각나기 시작합니다. 이는 왠지 죄의식이 들게 하는 생각들을 동반합니다. 전에 아버지에게 잘못했던 마음이나 행동들, 말들이 불쑥 튀어나와 아버지에게 잘못을 빌게 만듭니다. 그 누구의 지시나 권유에 의해서도 아닌데 말입니다.

아들 역시 아내와 자식이 있는 아버지인데 뒤늦게 어린시절 또는 청소년기의 철없는 자식으로 돌아가 그 시절을 비추기 시작하는 것입니다. '아버지 잘못했습니다. 이제라도 용서를 구합니다!' 절로 무릎을 꿇게 되는 못난 자식이 되어버립니다.

"부모가 하는 모든 일은 아름답다!"

헤르만 헤세의 명언 "아, 봄이 하는 모든 일은 아름답다!"를 빌어 저는 그렇게 생각해봅니다. 다만 자식이 부모의 마음을 몰라줄 뿐이라고 말이지요. 그러나 그 부모 마음은 마흔이 되면 절로 알아집니다. 부모란 결코 '영업이익'을 낼 수 없는 존재가 아닐까요.

또는 이 말을 "자식이 하는 모든 일은 아름답다"라고 받아들인다면 그보다 더 좋은 말은 없을 것이라고 생각합니다. 이 말 속에는 자녀에 대한 무한신뢰가 담겨 있기 때문입니다. 부모로부터 무한신뢰를 받고 자란 자녀는 반드시 큰 인물이 될 테니까요!

영화 〈말아톤〉에서 아들(조승우 분)이 마라톤대회에 출전하는데 출발 전에 어머니(김미숙 분)와 나누는 대화 장면이 있습니다. 엄마가 "난 할 수 있다"고 아들에게 외치는 모습인데, 이게 다름 아닌 '자기

충족적 예언' 또는 '로젠탈 효과'라는 것입니다. 쉽게 말하면 덕담을 통한 자기최면이라고 할 수 있겠죠. 엄마가 아들에게 자신감을 불어 넣어주는 것만큼 값진 교육은 없다고 생각합니다. 그 아이는 자신감을 잃어갈 때 항상 엄마가 들려주는 그 말 한마디에 용기를 얻고 다시 힘을 내어 달려갈 것입니다. 자신감을 갖게 해주는 것이야말로 부모가 자녀에게 해줄 수 있는 최고의 선물일 것입니다.

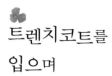

트렌치코트를
입으며

    기온이 뚝 떨어진 오늘, 옷장에서 트렌치코트(일명 바바리코트)를 꺼내 입었습니다. 지난해 봄에 아울렛 매장에서 아내와 함께 골랐던 그 코트입니다. 지난봄에는 날씨가 갑자기 더워지는 바람에 미처 입지 못한 채 지나치고 말았습니다. 아쉬운 제 맘을 알았던지 아내는 가을에 접어들자 그 코트를 이내 옷장에 걸어두었습니다. "당신은 키가 커서 긴 코트가 잘 어울려요!" 아내의 말을 듣자 기분이 으쓱해집니다. 아내의 칭찬은 언제나 꿀처럼 달콤한 위안을 줍니다.

    그동안 쉰 두 해를 살아오면서 기억에 남는 옷들은 그리 많지 않습니다. 일상을 함께 해온 옷들에게 너무 야박했다는 생각마저 듭니다. 그 옷들은 때로 기쁨과 환희, 행복, 영광의 순간을 함께 했지만 때로는 식은땀을 받아내며 불안과 초조, 분노, 좌절, 긴장, 스트레스를 나와 함께 온전히 겪었을 것입니다. 나와는 운명공동체와 같은 존재라고 할까요. 쌀쌀해진 날씨 탓인지, 세월 탓인지 트렌치코트를 입으며 이런 생각이 불현듯 들었습니다. 덕분에 기억의 저편에 있던 아련한 지난날의 옷들이 생각났습니다.

자식을 둔 부모라면 초등학교 입학식 날은 평생 잊을 수 없을 것입니다. 아들이 초등학교에 입학하던 당시에는 '야인시대'라는 드라마가 인기를 끌었고 주인공이 입던 롱코트가 유행했습니다. 저도 덩달아 유행에 편승해 롱코트족에 가세했습니다. 그 롱코트를 입고 아들 입학식에 갔습니다. 입학식 날은 실은 아들보다 아내와 제가 더 설레었던 것 같습니다. "여보, 아들이 벌써 초등학생이야! 저기 봐, 줄 맨 끝에 서 있네." 또래 중에서도 유독 키가 커서 제일 뒤에 껑충 서 있던 아들의 모습이 지금도 눈에 선합니다. 그 아들은 이제 아빠만큼 키가 자랐습니다.

자녀의 입학식이 부모의 통과의례라면 상견례는 부모가 되기 전에 치러야 하는 통과의례라고 할 수 있습니다. 아내와 결혼 언약을 하고서 장인장모님을 처음 뵙던 날, 때마침 쌀쌀한 초가을 날씨에 얼마나 긴장했는지 모릅니다. 그렇지 않아도 고학생으로 자랐다며 장모님이 내심 탐탁지 않아한다는 말을 아내에게 들은 터였습니다. 더욱이 아버지를 일찍 여읜 저는 혼자서 상견례를 치러야 했습니다. 그날 온몸으로 느껴지던 긴장감과 떨림, 초조와 불안감을 감싸준 옷은 카키색 정장이었습니다. 옷이 잘 어울렸던지 장모님은 지금도 그 카키색 정장을 기억하고 계셨습니다. 이 옷 덕분인지 상견례를 무사히 치르고 그해 12월 7일 저는 아내와 결혼을 했습니다. 저는 그 양복이 낡아질 때까지 입었습니다.

기자를 하다 마흔 세 살에 저술가로 전업을 한 후에는 행운의 여신이 도운 덕분인지 출간한 책이 베스트셀러가 되었고, 이내 곳곳에서 강연 요청이 들어왔습니다. 처음 경험해보는 강연은 늘 긴장의 연속이었습니다. 강의가 끝나면 희열감을 맛보았지만 몸은 파김치가 되기 일쑤였지요. *

그때 즐겨 입던 옷은 감청색 양복이었습니다. 이 정장은 나와 함께 박수갈채를 가장 많이 받은 옷입니다. 강연은 언제나 이 정장에 노타이 차림으로 했습니다. 어느 새 '노타이 정장'은 강연의 패션코드가 되었습니다. 한번은 대학에서 주최하는 학부모 대상 강연에 나갔는데, "노타이 정장이 이렇게 잘 어울리는 분은 보지 못했다"라는 말을 듣기도 했습니다. 물론 공치사였을 테지만 말입니다.

모 기업 연수원에 강연을 갔을 때에는 노타이 패션코드로 인해 낭패를 겪기도 했습니다. "회사 방침상 노타이로 강연을 하면 안 됩니다!" 이런 말을 강연 시작 전에야 담당직원이 했습니다. "아, 그러시면 미리 말씀을 해주셔야지요. 저는 타이를 매고 강연한 적이 한 번도 없습니다." 강연 내내 마음이 무거웠고 결국 만족스런 강의를 할 수 없었습니다. 제 감청색 정장 또한 불쾌감과 스트레스를 함께 묵묵히 감당해 주었습니다.

대학시절을 떠올리면 검정색 망토를 잊을 수 없습니다. 군복무를 마치고 복학한 1986년 2학기 가을날, 이대 앞 옷가게를 지나다 수많은 옷들 중에서 검정색 망토가 한눈에 띄었습니다. 광목에 검은 물을 들인 헐렁한 반코트였습니다. 당시 저는 깡마른 체격이었는데 이를 잘 보완해주는 것 같아 매일 입고 다녔습니다. 그 망토를 입고 있으면 제 몸뿐만 아니라 늘 칼날처럼 날이 서 있는 제 마음까지 겹겹이 감싸주고 위안을 주는 것 같았습니다.

겨울방학을 앞두고 대학신문에 시를 투고했습니다. 신년호에 시와 함께 삽화가 실렸는데 검은 망토를 입은 한 사내가 걸어가고 있었습니다. 마치 내밀한 제 삶을 누군가에게 들킨 것 같았습니다. 오늘 그 빛바랜 신문을 들춰보았습니다.

"토요일 오후 3시-/지독히 외롭다/
옥도정기를 바를까/옥도정기를 바를까."

이 마지막 문장을 다시 대하고 보니 시를 쓸 당시의 멜랑콜리한 느낌이랄까, 울적한 감상에 다시 사로잡히는 기분입니다. 무엇 하나 갖춘 것이 없었던 그 젊은 날이 새삼 그리워집니다.

중·고등학교 시절에는 교복밖에 달리 생각나지 않습니다. 수없이 되풀이되는 시험들을 치르며 질풍노도의 시기를 함께 견뎌 준 교복은 그 어떤 옷들과는 비교되지 않을 중압감 혹은 중량감으로 기억됩니다. 그 긴 터널을 이미 오래 전에 통과했건만, 쉰을 넘긴 지금에도 가끔 교복을 입은 채 끙끙대며 수학시험 문제를 푸는 꿈을 꾸곤합니다. 초등학교 시절에는 단추가 유독 잘 떨어지고 불티에 구멍이 잘 나던 알록달록한 외투가 기억납니다. 그럴 때면 친구들의 때묻은 옷들이 정겹게 떠오릅니다.

옷은 인간의 일상과 떼려야 뗄 수 없습니다. 하지만 쓸모가 다하면 이내 헌신짝처럼 잊힌 존재가 됩니다. 나와 희로애락을 함께 해왔지만 미처 작별인사조차 하지 못했던 옷들에게 오십 줄에 접어든 이제야 뒤늦게나마 조촐한 헌사(獻辭)를 짓고서 옛 기억들을 들춰봅니다.

문득 떠올려본 지난날의 옷들에는 마치 첫사랑처럼 아련한 기억들이 깃들어 있습니다. 특히 이십대 초반에 입던 망토는 무명의 디자이너가 만든 옷이었을 테지만 넉넉함으로 제 몸을 감싸주었습니다. 오늘 꺼내 입은 트렌치코트는 그 망토만큼 제 만추의 날들을 함께할 것 같습니다. 옷이 주는 야릇한 만족감 혹은 해방감이라고 할까요. 저는 이 트렌치코트를 입고서 제 중년의 날들을 환송(歡送)하고 싶습니다. 4분의 3박자의 보폭으로, 청춘의 날들에는 미처 느껴보지 못했던 여백을 즐기면서……

* 2015년 《한국수필》 12월호 신인상 당선작.

일상의 소중함

"아이구 아파. 아무래도 병원에 가야겠어. 옆구리 통증이 심해. 톨스토이 소설의 이반 일리치도 옆구리 통증으로 죽었는데 이거 나도 그러는 거 아냐."

"아직 통증이 덜 심한 모양이네요. 아이고, 좀 아프다고 남자가 웬 엄살을 그렇게 떨어요!"

수년 전 봄날 아침에 노트북으로 칼럼을 쓰고 있는데 갑자기 신장에 통증이 생겨 아내에게 급히 전화를 했습니다. 다행히 아내는 집 부근에 있었습니다.

대학병원 응급실로 가서 검진한 결과 요로결석이었습니다. 1센티미터 정도의 돌이 막고 있어 콩팥이 부었다고 했습니다. 수술대신 체외요법으로 두드려 깨서 제거하면 된다고 했습니다. 다음날 체외요법(파쇄석술)이 진행되었습니다. 그런데 담당자는 처치를 하고는 자리에 앉더니 그만 코를 골았습니다. 참 야속했습니다. "환자는 긴

장상태에서 처치를 받고 있는데 코를 골고 자다니…… 그것도 대학병원에서……"

파쇄석기로 수천 번을 때리는 치료여서 담당자도 무료했나 봅니다. 담당자가 하는 처치는 그로서는 '일상적'인 일입니다. 매일 되풀이되는 일상의 일을 하다 보니 피곤했던 거죠. 저는 갑자기 '일상이 정지당한' 환자입니다. 갑작스런 일상으로부터의 배제가 실감났습니다. 푸코의 팝옵티콘(원형감옥)이 생각났습니다. 푸코는 규율사회의 총체적 감시체계를 상징하는 예로 벤담에 의해 고안된 원형감옥을 들고 있죠.

"그래, 나는 지금 팝옵티콘에 있는지도 몰라. 일상이 이루어지는 생활세계에 들어가기를 금지당한 거지. 이게 일종의 배제가 아닐까. 다시 일상으로 돌아가려면 최소한 일주일은 감금의 상태에 있어야 한다."

갑자기 일상의 정지가 말할 수 없는 답답함으로 느껴졌습니다. 그 답답함은 치료 이후 나흘간은 통증과 무력감, 배제의 느낌과 함께 악몽으로 변했습니다.

생활세계가 작동하는 곳은 건강한 사람들이 담당하고 있습니다. 환자가 담당할 경우 생활세계 자체가 멈춰 설 수 있기 때문이죠. 환자가 되면 이때부터 '생활세계의 이방인'이 되는데, 상태가 심하면 원형감옥(병원)에 감금을 당하게 됩니다. 물론 그건 자발적인 감금입니다. 감금생활을 택하지 않으면 영원한 일상의 배제로 이어지는 것입니다. 그래서 환자들은 기꺼이 일상의 배제, 즉 자발적인 감금을 통해 재생의 과정을 거칠 수밖에 없습니다. 그러고 보면 일상이 이루어지는 곳에는 거짓말같이 환자가 없습니다. 일상이 정지당한 환자들이 가는 병원에 가보면 왜 그리 아픈 사람들이 많은지요. 이게 바로 일상의 질서겠지요.

이 순간에도 일상에서 배제되어 아침 출근길을 그리워하는 이들이 수없이 많습니다. 지금 이 글을 읽고 있다면 아마도 일상이 진행되는 곳에 있을 것입니다. 일상적인 생활을 영위하는 사람들은 행복한 사람들입니다.

나흘 간 배제의 기간이 끝나고 다시 일상으로 돌아와 산책에 나섰습니다. "이런 일상이 얼마나 좋은지 다시 알게 되었지요? 아프지 않게 열심히 운동도 해요."

아내의 말이 생각나 장맛비가 일시 그친 날 우이령을 다녀왔습니다. 도봉산 오봉에 갈 때마다 먼 발치 아래에 있는 계곡 속 오솔길이 보였습니다. 인적이 드문 산길, 때로는 총성이 울리고 이내 자연의 모습으로 머무는 그곳이 우이령이었습니다.

고개를 걸으며 계곡 물소리에 그만 폭염을 잊었습니다. 오봉의 장관을 아래에서 보니 더 신비롭습니다. 비포장 고갯길을 오르면서 문득 신작로를 밟으며 통학을 하던 소년시절이 떠올라 나도 모르게 가

213

습이 아련히 울려왔습니다.

　법정스님의 에세이를 처음 읽었습니다. 《홀로 사는 즐거움》이라는 제목에 꽂혔습니다. 스님은 겨울날 바람소리에 잠이 깨면 다시 잠들지 않고 그 바람소리를 듣게 해준 것에 오히려 고마워하면서 새벽을 맞이했다지요. 아마도 그것은 홀로 사는 즐거움 중 하나였을 겁니다. 새벽바람 소리를 들으며 고요히 사색에 잠기는 스님의 모습이 그림처럼 떠오릅니다.

　또 이런 이야기도 있습니다. 한 화백이 스님의 오두막집에서 함께할 봉순이를 선물로 줍니다. 물론 봉순이는 생명이 있는 소녀가 아닌 그림 속의 소녀입니다. 법정스님은 봉순이와 도란도란 이야기를 나눕니다. 스님은 혼자 살지만 마치 봉순이와 함께 사는 듯한 즐거움을 전해주고 있습니다. 스님의 일상은 홀로 살아도 쓸쓸하지도 적막하지도 않은 듯합니다. 그저 고요함이나 사색의 안온함이 일상에 배어 평화롭다고 해야 할까요.

　한편으론 《홀로 사는 즐거움》을 쓴 법정스님도 분명 혼자 사는 게 마냥 즐겁지만은 않았을 거라는 생각이 지레 듭니다. 법정스님은 병상에 있는 정채봉 작가의 사망 소식을 동네사람에게 전해 듣습니다. 눈이 쌓여 오두막집에 은거하고 있는데 아랫동네 아저씨가 오두막집에 들러 TV뉴스에서 들은 사망소식을 전해줍니다. 젊은 시절 정채봉 작가와의 인연은 그가 법정스님의 원고를 가지러 절로 찾아오

나에게 돌아오는 시간

면서 시작되었습니다. 그런데 정채봉 작가가 병상에서 투병하다 먼저 세상을 뜨고 그 소식을 산촌 사람들에게 듣습니다. 그때 법정스님은 무슨 생각을 했을까요. 법정스님도 지금은 이 세상에 계시지 않습니다. 문득 마음이 아릿해집니다.

　살아 있는 우리 모두는 이 지상의 현역입니다. 그러고 보면 '현역'이라는 말은 참으로 소중한 말입니다. 현역으로 있는 우리 모두는 축복입니다. 행복입니다. 하지만 현역도 행복도 결코 영원하지 않습니다. 오히려 찰나라고 해야 할까요.

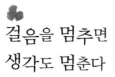

걸음을 멈추면
생각도 멈춘다

"걸음을 멈추면 생각도 멈춘다!"

이는 장 자크 루소의 말입니다. 근대 초 영국 등 유럽의 청소년들이 교육의 일환으로 프랑스와 이탈리아 등을 장기간 여행하던 관행을 흔히 그랜드투어(Grand tour)라고 부르죠. 17세기 후반 종교 분쟁이 가라앉고 경제적 풍요를 누리게 된 영국의 상류층은 자식을 유럽대륙으로 보내 해외문화를 체험케 하고, 외국어, 세련된 매너와 외교술, 고급 취향을 배워오게 했다고 합니다.

이게 이른바 그랜드투어, 즉 '대여행'인데요. 그랜드투어는 정형화된 루트를 따라 이동했습니다. 프랑스로 건너가 일정 기간 체류한 뒤 이탈리아의 여러 도시를 거쳐 궁극적으로 로마를 둘러보고 다시 영국으로 돌아오는 일정이 가장 일반적이었다고 하죠.

설혜심이 쓴 《그랜드 투어》라는 책에는 유럽에서 그랜드투어가 유행하게 된 배경과 그랜드투어의 역사적 의의 등이 소개되어 있습니다. 이 책에 따르면 애덤 스미스와 토머스 홉스 같은 당대의 지성들이 동행교사로 귀족자제의 여행길에 따라 나섰다는데요. 무명의 학자였던 애덤 스미스가 동행교사 시절 지루함을 견디기 위해 쓴 책이 바로 그 유명한 《국부론》이라고 합니다. 또 프랑스의 시인 볼테르는 모든 그랜드투어리스트들이 만나고자 하는 유명인사였다고 하죠. 이런 여행은 곧 유럽 전역으로 퍼져나갔고 유럽의 근대를 만든 초석이 되었습니다.

그랜드투어가 인기를 끈 배경에는 공교육에 대한 불신이 있었다고 합니다. 지금은 명문대학으로 자리 잡은 케임브리지와 옥스퍼드는 당시 진부한 커리큘럼으로 비판과 불만의 대상이었다고 하죠. 이로 인해 유럽의 명문가 부모들 사이에서는 옥스퍼드와 케임브리지에 입학시키느니 차라리 여행을 보내는 것이 낫다는 분위기가 지배적이었다고 합니다. 그랜드투어가 공교육 불신에서 시작되었다는 설명은 공교육 위기에 처한 우리나라에도 시사하는 바가 큽니다.

우리나라의 경우 상류층 부모들은 자녀들을 한국의 중고등학교나 대학에서 교육시키지 않고 대부분 미국이나 영국, 호주나 캐나다 등으로 유학을 보내죠. 이는 우리나라 지도층의 '불편한 진실'이 아닐 수 없는데요. 조기유학 바람이 불었던 것도 기실은 공교육 붕괴 때문입니다.

그런데 저는 최근 책을 보다 '쁘띠투어(Petit tour)'라는 개념을 접했습니다. 마차나 차량을 이용한 '그랜드투어'보다 걷기를 위주로 하는 '쁘띠투어'가 18세기 말부터 유행하기 시작하면서 여행에 일대 변혁을 가져왔다고 합니다. 그랜드투어는 대부분 당시 주요한 운송수단인 마차를 이용했습니다. 상류층 자녀들이 마차를 타고 프랑스 파리나 이탈리아 로마 등지를 럭셔리하게 여행하는 것이었지요.

그런데 18세기 말에 '그랜드투어'는 '쁘띠투어'로 대체되었다고 합니다. 조지프 아마토가 쓴 《걷기, 인간과 세상의 대화》에 따르면 쁘띠투어란, 마차를 이용해서 이동하며 고급 사교술이나 매너를 배우며 유명인들을 만나는 그랜드투어와 달리 순전히 도보여행을 하며 대자연과 도심의 구석구석을 여행하는 것이라고 설명하고 있습니다.

중산층보다 재산이 적은 영국인들이 도버해협을 건너 잠깐 동안 대륙에 머무르는 여행을 하기 시작했는데 이것이 쁘띠투어, 즉 소여행의 시작이었다고 합니다. 쁘띠투어리스트들은 중요한 인물들을 만나거나 반드시 가봐야 하는 장소를 찾는 그랜드투어와 달리 자기들만의 즐거움을 추구하는 사람들이 있는가 하면, 길을 벗어나 외진 곳을 찾는 사람들도 있었습니다.

쁘띠투어리스트들은 도보, 말, 빌린 마차 등을 이용해 움직이면서 유럽 각 지방의 대로와 샛길들을 찾아다녔다는데요. 일부 여행객들은 후미진 길을 걸으며 시상을 떠올리기도 했다고 합니다. 달리 말하자면 유럽에서 도보여행은 쁘띠투어가 시작된 18세기 말부터 유행하기 시작했다는 말이죠.

흔히 자연주의 시인으로 불리는 영국의 윌리엄 워즈워스(1770 - 1850)는 '그랜드투어'가 아니라 '쁘띠투어'로 위대한 시인이 되었다고 합니다. 낭만주의를 대표하는 워즈워스는 바로 도보여행을 통해 '발'로 시를 쓴 시인으로 더 유명하다죠.

> 길잡이를 택해야 한다면/ 떠도는 구름보다 나은 것이 없다./
> 길을 잃지 않을 테니.

이는 그 유명한 〈서곡The Prelude〉의 도입부인데요. 워즈워스의 삶과 '서곡' 모두에 전환점이 되었던 것은 친구 로버트 존스와 함께 프랑스를 가로질러 알프스까지 걸어갔던 1790(20살)년의 경이로운 도보여행이었습니다. 하루에 무려 48㎞ 걸었다니 보편적인 도보여행자의 두 배 이상을 걸은 셈이죠. 저도 도보여행을 하면서 하루에 25㎞ 이상 걸으면 다리에 굉장히 무리가 옵니다. 그런데 그 두 배를 걸었다니 믿기지 않습니다.

워즈워스는 너무 힘차게 걸은 나머지 알프스 산맥을 넘으면서도 그것이 알프스 산맥인지 몰랐을 정도였다고 합니다. 그는 봇짐장수

나 양치기 같은 사람을 만나고서는 이런 글을 썼습니다.

"내가 이른바 인문교육을 받을 수 없는 계급에서 태어났다면, 육체적으로 건강했던 나는 평생 봇짐장수 같은 삶을 살았을 것이다."

워즈워스가 발로 시를 쓴 위대한 도보여행자였음을 실감케 하는 말입니다.

"나는 계속 걸어갔다./
그때는 축복에 휩싸여 있었고, 지금도 그렇다."

— 〈서곡〉에서

요즘은 검색으로 모든 것을 대체합니다. 그러나 검색은 검색 그 이상의 기능을 하지 못합니다. 검색이 아니라 사색이 필요하지요. 저도 사색이 필요할 때면 걷기에 나섭니다.

오늘 아침 아내에게 이런 말을 했습니다.

"여보, 난 북한산을 걸으면 전기코드로 충전하는 느낌이 들어! 북한산이 거대한 전기공급원인 것처럼 말이야. 나 북한산에 충전하러 갔다 올게!"

아내는 몇 번 따라나서더니 요즘에는 햇볕에 얼굴이 빨갛게 된다며 오늘은 따라나서려 하지 않습니다.

충전이 필요하면 걷자! 신록의 오월은 걷기에 아주 좋습니다. 그런 5월 말의 어느 날 군복무 시절 휴가를 나왔다가 조치원으로 가는 버스에서 옆자리에 앉은 여고생과 짧은 이야기를 나눈 적이 있습니다. 가끔 이런 기억들이 그때 느낀 정서가 고스란히 되살아나며 떠오릅니다. 아무 예고도 없이 말이죠. 그게 계절이, 또 걷기가 주는 선물이 아닐까요.

다람쥐의
마음이 되어

짙어가는 가을, 바람 부는 오전에 산책을 갔더니 도토리가 우수수 떨어져 있었습니다. 비는 내리지 않았는데 여느 날과 달리 산책하는 사람도 별로 없고 도토리가 길 여기저기에 널려 있어 더러 발에 밟히기도 했습니다. 조금 올라가니 산책객들이 배낭을 메고, 또 비닐봉지를 들고 열심히 도토리를 줍고 있었습니다. 밤송이들이 널브러져 있어 혹시 알밤이라도 있을까 눈을 부라리고 걸었습니다.

그런데 이게 웬일일까요. 밤송이들이 비바람에 낙엽처럼 떨어져 있는데 정작 밤은 하나도 보이지 않았습니다. '얼리버드족'들이 먼저 다녀가면서 주워간 것이겠죠. 그때 문득 이런 생각이 들었습니다.

"내가 밤을 줍고 싶은 그 마음은 어쩌면 다람쥐가 도토리를 줍고 싶은 그 심정일 테지……. 그런데 사람들이 도토리를 다 주워가니 다람쥐들도 나처럼 사람들을 원망하지 않을까."

50분 정도 산책하면서 알밤을 단 한 개 주웠습니다! 다람쥐나 청솔모가 도토리 채집에 나선다 해도 50분 동안 한 개 정도 밖에 못 줍지 않을까요. 사람들의 '도토리(밤) 싹쓸이'로 막상 동물들은 헐벗고 추운 겨울을 보내지 않을까요.

그러고 보니 생각나는 일이 있었습니다. 언젠가 한번은 일요일에 아내와 드라이브를 나갔다 돌아오는 길에 일영을 지나게 되었습니다. 대학시절 고교 선후배들과 일영에서 MT를 한 적이 있어 불현듯 그곳을 가보고 싶었습니다. 30년도 더 지난 일이라 어슴푸레 기억을 더듬어 가다보니 지금 지나는 길이 그때에는 논둑이었다는 생각이 들더군요. 그랬습니다. 그때 그 논둑길을 지나 도착한 집에서 후배들과 밤새 여흥에 취한 적이 있었지요. 그런 추억을 더듬으며 아내와 제가 돌아 나오는 길에는 행락객들이 밤을 따고 있었습니다. 저희 부부도 트렁크에서 장우산을 꺼내 나무를 향해 내던지며 밤을 따서는 풋밤 세 송이를 까먹었습니다. 때로는 이렇게 사소하고 하찮아 보이는 일도 기억 속에 꽉 각인이 되어버리는 일이 있습니다. 윌리엄 워즈워스가 말한 바로 그 '시간의 점'입니다.

고향에 살 때에는 아버지가 밤나무를 많이 심어 가을이면 늘 밤을 먹었습니다. 진주에서 학교에 다니던 고교시절에 주말엔 시골집에 돌아오곤 했는데, 가을이면 마당에 어머니가 밭에서 직접 짊어지고 와서 부려놓은 밤송이들이 가득했습니다. 햇볕에 자연적으로 마르면 밤송이가 절로 열리고 습기도 제거되기 때문이었죠. 저녁이면 어머니는 그 밤들을 냄비 가득 삶아주었습니다. 지금도 가을밤이면 포만감을 느끼도록 먹던 그 밤들이 생각납니다. 그 밤나무들은 다 어디로 간 걸까요. 도시에 사는 저는 이제 밤 한 톨을 주울 수 있을까 눈을 부라리며 산책길을 걷습니다.

어제는 인근에 있는 북한산 삼천사로 산책 겸 점심을 먹으러 갔습니다. 절에서는 식사하는 것을 '공양'이라고 하지요. 공양이라는 불교 용어는 그보다 더 심오한 의미를 지닙니다만……. 제가 사는 곳은 진관사와 삼천사가 지척이어서 산책코스로 활용하고 있습니다. 아파트를 나서서 몇 걸음만 옮기면 이내 북한산 둘레길에 들어서게 됩니다.

저와 아내는 어느 날 진관사에서 점심공양을 해본 이후로 매주 한 번쯤 절로 점심식사를 하러 갑니다. 이번 주에는 삼천사로 갔습니다. 아내는 참기름 두 병을 식당에 시주했습니다. 참기름을 시주한 덕분에 밥을 한 주걱 더 받았습니다. 저는 꾸역꾸역 다 먹었는데 아내는 좀 남겼습니다. 식사를 마치고 집으로 향했습니다.

아침부터 내렸던 부슬비가 그치고 날이 개었습니다. 그때 바람이 불고 숲에서 우수수 낙엽이 휘날리더니 마치 장엄한 의식이라도 치르는 듯 낙엽이 눈처럼 혹은 비처럼 쏟아져 내렸습니다.

"아, 낙엽비다!"

아내가 외쳤습니다. 이제껏 살아오면서 그런 장엄한 낙엽의 '마지막'을 목격한 적이 없었습니다. 그냥 낙엽이 떨어지나 보다 했는데, 바

나에게 돌아오는 시간

람 부는 숲에서 흩날리는 낙엽의 군무는 가히 삶의 엄숙함마저 느끼게 했습니다. 고 서정주 시인은 자신을 만든 8할은 바람이라고 했다지요. 저는 우주를 움직이는 기운은 바람이라는 생각마저 들었습니다. 그때 옆에서 "바람은 온도차에 의해 일어나는 거예요"라고 아내가 말했습니다. 단순한 자연의 원리이지만 낙엽비의 그 장관은 오랫동안 뇌리에 남아 이 가을을 반추하게 해줄 것입니다.

이중환의《택리지》에는 좋은 거주지의 조건으로 주변에 명승지가 있어야 한다고 했습니다. 아리스토텔레스는《니코마코스 윤리학》에서 행복에 이르는 조건으로 용기와 지혜 등 내적인 선도 중요하지만 재산과 친구, 지위, 명예 같은 외적인 선도 중요하다고 했습니다.

좋은 거주지의 조건으로 명승지의 경우 아리스토텔레스 식으로 말하자면 외적인 선에 해당할 것입니다. 그러나 내적인 선이든 외적인 선이든 과함도 좋지 않고 부족함도 좋지 않으며 다만 과하지도 부족하지도 않은 중용의 상태가 행복에 더 이르는 길이라고 했습니다. 말하자면 주변에 오랜 전통의 절이 있고 그 절에서 주는 한 끼의 작은 소찬이야말로 바로 중용의 상태에 해당하는 것이 아닐까요. 제가 요즘 중용의 행복을 즐기고 있는 건 아닐까, 이런 생각을 해봅니다.

아리스토텔레스는《니코마코스 윤리학》에서 삶은 크게 향락적 생활, 정치적 생활, 관조적 생활 이 세 가지로 나눌 수 있고 이 중에서 가장 행복에 이르는 길은 관조적 생활이라고 했습니다. 관조적 생활을 하려면 어느 정도 여유가 있어야 가능하다고 생각할 수 있겠지만 따지고 보면 그리 많은 것을 갖추지 않아도 생각만 바꾸면 가능합니다.

우리나라 국민만큼 정치에 관심이 많은 나라도 드물다고 여겨집니다. 그런데 우리나라 사람들의 행복지수는 세계적으로 바닥권이지요. 그것은 아마도 우리 국민이 정치적 생활에 너무 빠져 있어서 그런 것은 아닐까 하고 생각해봅니다. 아리스토텔레스에 따르면 정치적 생활은 행복에 이르는 길과는 거리가 멀다고 했으니까요. 아리스토텔레스는 "인간은 정치적 동물이다"라고 했지만 정작 그가 이상적으로 추구한 인간형은 관조적 생활을 지향하는 인간이었습니다.

더욱이 우리 사회는 누구랄 것도 없이 향락적 생활과 정치적 생활에 너무 함몰된 게 아닐까 싶습니다. 저 또한 그렇습니다. 아침에 조간신문을 보다가, 인터넷으로 뉴스를 보다가, 또는 가끔 TV를 보다가 뉴스들에서 들려오는 온갖 이기적 행태에 그만 힘이 빠지고 그러다 절로 경멸적인 언어를 떠올리게 되면서 그만 마음의 평정을 잃곤 합니다. 그럴 때면 이런 생각을 합니다. 순리를 이기는 것은 없다고 말이죠.

칸트는 종교의 필요성에 대해 '종교가 인간의 행복을 증진시키는 데 필요'하기 때문에 있어야 한다고 말했습니다. 종교로 인해서 인

나에게 돌아오는 시간

간이 더 도덕적으로 선하게 생활할 수 있고 그 선한 생활이 행복을 증진시켜준다는 것이죠. 저는 대학시절에 가톨릭 세례를 받은 적이 있습니다. 당시 질곡의 대학생활을 하면서 그나마 성당에 갔을 때 미사에서 느껴지는 그 평화로운 위안과 안온함에 빠지곤 했습니다.

아리스토텔레스는 행복에 이르는 길은 향락도 정치도 아닌 '관조'에 달려 있다고 했습니다. 물론 세상을 달관하듯이만 살 수는 없습니다. 더 치열하게 고민하고 대응하면서 자신이 가야 할 길을 찾고 또 찾아야 합니다. 다만 아리스토텔레스가 말한 것은 어떤 생활을 하더라도 내면적인 관조를 추구하지 못하면 그 무엇도 행복한 생활로 이어지지 못한다는 의미일 것입니다.

아내와 함께 소소한 대화를 나누거나 산책을 같이 하는 것도 소박하지만 관조의 생활로 이어지는 방법 중 하나가 아닐까요.

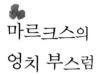

마르크스의
엉치 부스럼

저는 요즘 가끔 서서 노트북 작업을 하기도 합니다. 하도 오래 앉아서 일을 하다보니 엉치가 아플 때가 있습니다. 놀다보면 또 통증이 씻은 듯이 사라집니다. 그래서 아내에게 "천상 백수팔자인가 봐요"라고 말하기도 합니다. 백수가 뭐 그리 좋기야 하겠습니까마는 직업병이 도지다보니 그런 말을 농담 삼아 합니다.

이 말을 하고 보니 마르크스의 엉덩이 생각이 났습니다. 칼 마르크스는 《자본론》을 쓰기 위해 1850년부터 파리의 도서관을 드나들기 시작해 자본론을 완성한 1865년까지 무려 15년 동안 경제학을 독학하면서 엉치에 부스럼이 나서 극심한 고통에 시달렸다고 합니다.

가난이 그를 괴롭혔다. 자본론은 중간에 끼어드는 일 때문에 중단되기도 했다. 당장 빵부터 해결해야 했다. 〈뉴욕데일리 트리뷴〉의 유럽 특파원으로 일주일에 2건의 기사를 쓰고 2파운드의 돈을 받으며 생활고를 해결했다. 이런 상황에서 자본론에 집중할 수 없었다. 마르크스는 피부병이 날 정도로 자본론 집필에 심혈을 기울였다. 엉덩이에 부스럼이 돋는 바람에 앉아 있는 것이 너무도 고통스러워 책의 마지막 몇 페이지는 서서 썼다. 자본론의 마지막 문장을 완성하자 이내 부스럼은 사라졌다. "어떤 경우든지, 부르주아들이 그들이 죽는 날까지 나의 피부병에 대해 기억할 수 있기를 바라네. 저 돼지 같은 작자들 말이네."(65-6쪽)

이 내용은 《자본론 이펙트》라는 책자에 나옵니다. 무릇 역사에 남을 정도의 위인이 되려면 적어도 엉치에 부스럼 정도는 나야겠다는 생각을 해봅니다.

마르크스는 거의 매일같이 아침 9시부터 저녁 7시까지 도서관 의자에 앉아 공부에 열중했습니다. 마치 우리나라의 입시생처럼 말이지요. 마르크스를 사찰한 프로이센 비밀경찰이 베를린의 상사에게 보고한 글을 보면 마르크스의 모습을 떠올릴 수 있을 것입니다.

"마르크스는 정말로 무슨 방랑자 지식인처럼 살아가고 있다. 때로 그는 종일 빈둥거리기도 하지만, 해야 할 일이 있으면 밤낮을 가리지 않고 피곤한 기색 없이 인내심을 가지고 일에 열중한다. 그에게는 따로 취침시간이나 기상시간이 정해져 있지 않다. 어느 날에는

밤을 온통 새고 나서 옷을 입은 채로 소파에 누워 세상모르고 저녁까지 깊이 잠이 든다."(49쪽)

마르크스의 《자본론》을 읽다보면 문장의 유려함과 문학적인 표현과 인용에 놀라곤 합니다. 이는 마르크스 아버지의 양육 덕분이기도 합니다.

마르크스의 아버지 하인리히는 아들이 엄청난 양의 독서를 하도록 격려했습니다. 아버지는 친구 루트비히 폰 베스트팔렌을 마르크스의 스승으로 소개시켜 주었습니다. 베스트팔렌은 어린시절 마르크스에게 시와 음악을 알게 해주었고 그의 딸 예니를 소개했는데 예니는 훗날 마르크스의 아내가 됩니다.

베스트팔렌은 마르크스와 산책을 하면서 호메로스와 셰익스피어 작품의 대목을 암송해서 들려주었으며 마르크스는 그것을 따라 외우곤 했다지요. 마르크스는 이 시절 외운 구절들을 훗날 자신의 글 속에 딱 들어맞게, 필요한 양념처럼 섞어 사용하게 됩니다.

마르크스는 돈의 악마성에 대해 소포클레스의 《안티고네》에서 다음을 인용합니다. "돈! 돈은 인류에게 그 이상 더 큰 것이 없을 정도로 가장 큰 저주이다. 돈은 도시를 파괴하고 인간을 자신의 집에서 몰아낸다. 그뿐이랴? 가장 올바른 정신을 가진 이도 유혹해서 혼란에 빠뜨린다. 불명예와 수치의 길로 인도하는 것, 그것이 돈이 아니고 무엇이겠는가" 그리고는 셰익스피어의 한 대사를 따와서 결론을 냅니다. 돈은 "인류가 공유하는 창녀"라는 것이지요.

대학시절 마르크스는 자신이 읽은 모든 책에서 인용할 대목을 뽑아내는 습관을 길렀고, 이는 평생 동안 이어진 그의 버릇이었다고 합니다. 《자본론》에는 "그리스 신화에 나오는 대장장이 헤파이토스가 만든 쐐기가 인간을 위해 불을 훔친 죄로 제우스의 정죄를 받은 프로메테우스를 바위에 단단히 고정시켜 묶어놓은 것보다 더 견고하게"라는 표현이 있습니다. 노동자들이 자본의 사슬에 묶여 있다는 것을 이렇게 표현하고 있지요.

사실 젊은 날에 마르크스가 가장 하고 싶어한 것은 문학이었다고 합니다. 베를린대학에서 법학을 공부하던 시절에도 그는 시와 연극 대본, 소설까지 썼습니다. 하지만 이 소설 집필을 경험한 끝에 마르크스는 소설가로 성공할 수 없음을 깨닫고는 작가의 길을 접었다고 하지요. 그가 소설가가 되었다면 《공산당 선언》이나 《자본론》은 세상에 나오지 않았을 것입니다. 인류의 사상사와 정치사는 지금과는 크게 달라졌을 테고요.

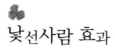

낯선사람 효과

제가 일간지 신문기자에서 저술가로 변신하게 된 것은 우연의 힘이 컸습니다. 신문기자를 하면서 차장 때쯤에는 신문사를 그만두고 인생이막을 살겠노라 생각하면서 기자와 학위과정, 저술활동을 병행해 왔습니다.

그러다가 본격적으로 저술가로서 나서게 된 것은 참 우연한 일 때문이었습니다. 한번은 후배 기자가 와서 한 출판사 대표가 저자를 구하는데 필자로 저를 소개해 주겠다고 했습니다. 당시 저는 세 권정도의 책을 쓰긴 했지만 출판가에서는 거의 무명이나 다름없었지요. 그런데 그 후배는 출판사 사장으로부터 저자 추천 제안을 받고 저를 적격자로 떠올렸다고 합니다. 그렇게 해서 《메모의 기술2》(이후 《한국의 메모 달인들》로 개정판을 냄)의 저자로 섭외되었지요. 이 책은 당시 메모 열풍에 힘입어 제가 저술가로 지명도를 높인 최초의 책이 되었습니다.

이듬해 이 책이 좀 팔리기 시작하던 어느 날, 한 선배가 잠깐 보자고 하더니 자신이 알고 있는 출판기획자가 저자를 찾고 있는데 저를 소개해 주겠다는 것이었습니다. 그 선배는 사실 썩 친하진 않은 선배였는데 말이지요. 그렇게 해서 탄생한 책이 《5백년 명문가의 자녀교육》이었고, 이 책으로 인해 저는 저술가로서 새로운 여정에 본격적으로 나서게 됐습니다. 그 이후 그 선배는 또 한 번 저를 칼럼니스트로 소개해 주었지요.

오늘날 저를 있게 한 것은 그들 두 명의 '커넥터' 덕분이었습니다. 친한 친구나 가족이나 친척들도 해주지 못하는 역할을 선후배가 해준 결과 새로운 세상으로 나아갈 수 있었던 것이지요. 지금 생각해 보면 두 선후배가 해준 '커넥터'로서의 역할이 제 삶을 새로운 방향으로 전환케 한 결정적인 연결고리였습니다. 저는 가끔 이 생각을 할 때면 소름이 돋을 정도입니다.

우연히 리처드 코치와 그렉 록우드가 쓴 《낯선사람 효과》(원제 Superconnect)라는 신간을 읽다 이 비밀이 풀렸습니다. 이 책의 요지는 바로 '친한 친구나 가족보다 그냥 아는 사람이 내 인생을 흔들어 놓는다'는 것이었어요. 바로 저의 경우처럼 말이지요. 이 책의 핵심 개념은 '약한 연결(Weak link)'과 '슈퍼커넥터(Superconnector)'입니다.

이 책은 혈연과 지연, 학연 중심의 강고한 연결망을 신봉하는 사람들에게는 자못 충격적입니다. 왜냐하면 한국사회의 문제점을 이야기할 때 흔히 끈끈한 혈연, 학연, 지연의 폐해를 거론하듯이 상위계층일수록 강하고 폐쇄적이며 배타적인 연결을 많이 갖고 있으면서 이것이 성공의 조건이라고 생각하기 쉽기 때문이지요.

하지만 이 책의 저자들은 "결혼이나 취직을 하고 사업 기회와 파트너를 찾을 때 자세히 알지는 못하던 이들의 뜻하지 않은 도움이 큰 영향을 주는 경험을 하곤 한다"면서 "이처럼 현실 속에서 새로운 가능성을 여는 기회는 오히려 얕고 넓은 관계들을 매개로 생겨나기 쉽고, 성공하고 윤택한 사람과 기업들은 무엇보다 이런 '약한 연결'을 풍부하게 갖고 있는 이들이다"라고 주장합니다. 네트워크가 지배하는 시대에는 관계와 성공의 방식이 바뀌었다는 것이지요. 거꾸로 실패의 굴레를 벗어나지 못하는 사람들은 몇몇 '강한 연결(Strong link)'만 믿고 거기에 의존하며 새로운 기회와 차단된 경우가 많다고 주장합니다.

제가 걸어온 길을 더듬어 보면 '낯선사람 효과'의 '약한 연결'이라는 개념과 함께 스티브 잡스가 스탠포드대학교 졸업축사에서 했던 '점을 연결하는 일'이라는 표현이 가슴으로 느껴집니다. 잡스는 출발과 시작, 노력의 중요성을 '점을 연결하는 일(Connecting the dots)'이라고 표현했습니다. 연관되지 않을 듯 보이는 일(점)들은 실은 서로 밀접하게 관계를 지으며 좋은 결과를 만들어낼 수 있다는 내용이지요. 모든 일이 점처럼 연결된다고 믿는 것은 중요합니다. 달리 말하면 성공하는 사람들은 자신이 살아온 일들을 서로 잘 연결시켜 좋은 성과를 내게 했다는 거죠.

잡스는 '점을 연결하는 일'로 자신이 리드칼리지에서 서체 강의를 청강한 것을 꼽습니다. 서체 공부를 할 당시에는 이게 자신에게 어떤 도움이 될지 전혀 생각할 수 없었습니다. 단지 그 공부가 좋아서 했을 뿐이었지요. 그런데 정확히 10년 후 그가 매킨토시를 디자인할 때 서체에 대해 배운 것이 결정적 도움이 되었습니다. 매킨토시 컴퓨터에 다양한 서체를 탑재했던 것입니다. 10년 전의 배움이 매킨토시 서체디자인에 결정적인 기여를 한 것이죠. 이게 바로 과거에 자신이 했던 일을 현재에 활용하는 것입니다. 잡스는 이를 '점을 연결하는 것'이라고 표현했습니다.

그리고 보면 저 역시 점을 잘 연결하며 지금 여기까지 온 것 같습니다. 신문기자와 비교문학자, 저술가, 칼럼니스트의 점들이 서로 잘 이어지고 있기 때문입니다. 그리고 보면 저는 참 운이 좋았던 것 같습니다. 여러분은 어떠한가요?

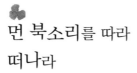

먼 북소리를 따라
떠나라

다니엘 앨트만이 쓴 《10년 후 미래》에는 라이프스타일 허브라는 개념이 나옵니다. 미래에는 이동성이 높은 전문직업인이 증가하면서 그들의 생활스타일에 맞는 새로운 허브에 모여 생활하게 된다는 것입니다. 앨트만은 체코의 프라하 등 10개 도시를 허브로 들었는데, 이들 도시에서 한두 달 동안 지내다 온다면 아주 색다른 경험이 되지 않을까요. 단지 그런 계획을 잡는 것만으로도 체증이 뚫리는 기분입니다.

하지만 오늘도 저는 몇 시간째 노트북 키보드를 두드리고 있습니다. 수년 전 그런 계획을 세우기는 했지만 실행은 하지 못했습니다. 올봄에 한국연구재단으로부터 저술지원금을 받고서 다시 이 계획을 떠올리며 내년쯤에는 꼭 떠나야겠다고 재차 다짐했습니다. 그러나 그때가 되면 또 이런저런 이유로 떠나지 못할 수도 있을 테지요. '왜 떠나지 못하는 것일까?' 물론 계속 반복되는 일상이 발목을 잡고 있겠지요. '이제 추위가 오는데 겨울이 끝나고 갈까. 아니야, 여행은 어차피 외로워지기 위해 가는 것, 외로운 계절에 떠나는 게 더 좋지 않을까……' 이런 생각이 꼬리를 물고 일어납니다. 그럴 때면 그 어느 때인가 읽은 무라카미 하루키의 에세이 《먼 북소리》가 생각납니다.

"일본에 그대로 있다가는 일상생활에 얽매여 그냥 속절없이 나이만 먹어버릴 것 같았다. …… 어느 날 아침 눈을 뜨고 귀를 기울여 들어보니 어디선가 멀리서 북소리가 들려왔다. 아득히 먼 곳에서, 아득히 먼 시간 속에서 그 북소리는 울려왔다. 아주 가냘프게. 그리고 그 소리를 듣고 있는 동안, 나는 왠지 긴 여행을 떠나야만 할 것 같은 생각이 들었다."

하루키의 이 글처럼 저도 일상에 얽매여 속절없이 나이만 먹고 있습니다. 하루키는 27세에 처녀작을 썼지만 고만고만한 수준을 좀 뛰어넘는 작가였을 것입니다. 그런 하루키가 38세 가을에 나이만 먹게 하는 일상을 훌훌 털어버리고 아내와 함께 그리스로 여행을 떠났습니다. 그리고 3년에 걸친 여행을 했는데 이때 《상실의 시대》를 썼고 여행에서 돌아온 하루키는 세계적인 작가가 되어 있었다지요.

하루키는 마흔 살이란 인생에서 하나의 큰 전환점이라고 말합니다. 저 역시 마흔 초반에 직장을 박차고 나왔는데 그것이 제 인생에 결정적인 전환점이 되었습니다. 제가 《마흔, 인문학을 만나라》라는 책을 쓴 것도 마흔에 인문학서를 읽으면 자신의 삶을 되돌아보면서 새로운 길을 모색할 수 있다는 생각에서였지요.

그리스 여행을 떠올리니 니코스 카잔차키스가 생각납니다. 카잔차키스는 크레타 출신인데 그리스 아테네대학교에 유학을 하면서부터 여행, 그의 표현에 의하면 방랑을 시작했습니다. 그의 삶과 문학은 바로 방랑의 산물입니다. 그는 24살부터 유럽과 아시아 등지를 여행해 《스페인 기행》 등 6권에 이르는 여행기를 썼습니다. 《영혼의 자서전》을 읽어보면 그의 야성적인 방랑, 여행의 민낯을 대면할 수 있습니다. 72세의 노작가는 20대의 방랑의 시절을 너무도 생생한 회상으로 써내려 갑니다. 감탄이 절로 나옵니다.

저도 이제 서서히 여행을 준비해야겠습니다. 하루키처럼 혹은 카잔차키스처럼 방랑을 꿈꾸면서 말입니다. 《사막을 건너는 여섯 가지 방법》을 쓴 스티브 도나휴가 말했듯이 "사막을 여행할 때 오아시스를 만나면 반드시 쉬어라. 쉬는 자만이 사막을 더 깊숙이 여행할 수 있다"는 사막의 율법을 떠올리면서 말입니다.

다시, 가지 않은 길에 대하여

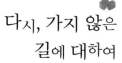

저무는 해를 보며 언뜻언뜻 뒤돌아보는 시간이 많아졌습니다. 이번 새해의 무게는 다름 아닌 지난 10년간 시간의 절대량 때문인 것 같습니다. 무엇보다 이른바 '10년 법칙'이 생각나고, 새로운 인생길에 나서면서 로버트 프루스트의 '가지 않은 길(The road not taken)'이 생각납니다. 제게 가지 않은 길은 신문기자로서 살아갔을 그 길일 테지요. 제가 만약 기자로 계속 현장에 있었다면 지금쯤 어떻게 되었을까, 가끔 생각해봅니다. 때로는 역시 기자를 하고 싶은 생각이 들 때도 간혹 있습니다.

김훈 작가가 신문기자를 그만두고 소설가의 길을 가다 늘그막(!)에 한겨레에서 다시 기자를 할 때 저는 당시 아직 기자였는데, 그냥 소설가로 살면 되었지 뭐 하러 그 나이에 신문기자를 다시 하고 싶었을까, 라는 생각을 했더랬습니다. 그런데 지금 제가 이따금, 아주 가끔 그런 생각이 들기도 합니다. 참 우습지요.

제 고교 친구가 지방에서 신문기자를 하다 97년인가 외환위기 때 신문사가 문을 닫던 시기에 일을 그만둘 수밖에 없었는데, 아주 오랜 시간이 흐른 후 몇 년 전에 다시 지역기자로서 일을 하기 시작했습니다. 며칠 전 그 친구와 통화를 하고 안부를 주고받으면서 불현듯 또 그런 생각이 들었더랬습니다. 물론 이제 와서 막상 기자를 한다면 버텨내기 힘들 것입니다. 아침 출근부터가 막막할 테니까요. 그냥 가지 않은 길에 대한 오래된 아쉬움일 테지요. 언론인의 길을 외길로 걸었다면 저는 아마 지금쯤 정년퇴직을 앞두고 '퇴직우울증'으로 뒤척이고 있지 않을까요. 나이가 꽉 차서 퇴직을 하는데 과연 무엇을 할 수 있을까. 아마 자신감상실증후군에도 시달리겠지요…….

며칠 전 정년퇴직을 5년 정도 앞두고 명예퇴직을 한 분을 만나 오랜만에 이야기를 나누었는데 그 분 말씀이, 직장에 다니다 다른 일에 도전하고 싶다면 나이가 들어서는 힘든 것 같다고 하셨습니다. 저도 되돌아보면 그런 것 같습니다.

마흔 셋에 신문사를 그만둘 때 그때는 저도 제 나이가 적지 않다고 생각했는데, 그게 아니었습니다. 그로부터 10년의 세월이 흐른 지금 되돌아보면 마흔 셋은 인생에서 한창 주가를 날릴 때이고, 혈기충만한 시기였던 것이죠. 그 당시 기분으로는 이만큼 기자생활을 했으니 나도 이제는 중견이고 나이도 먹을 대로 먹었다고 생각했습니다. 하지만 지금 와서 보니 그 시기야말로 참 젊은 때였고 한창 기운이 왕성한 시기였습니다. 아마 지금 시기도 10년 후에 다시 생각하면 역시 젊은 시절이었다고 생각할 테지요.

인생의 새로운 길에 나선 지 만 12년이 흐른 지금, 그때 가지 않은 길에 대해 생각해봅니다. '똑같이 아름답고/ 아마 더 걸어야 될 길'이었을 새 길처럼 가지 않은 길도 똑같이 아름답고 더 부지런히 걸어야 했을 것입니다. 제가 그 길의 주인공이 되려면 말이지요. 결국 저는 사람들이 '적게 간 새로운 길을 택했고 그것이 제 모든 것을 바꾸어' 놓았습니다. 오늘 저는 제가 중도에 길을 가다 그만 둔, 가지 않은 길에 대해 마치 사랑하지만 헤어져야 했던 연인에 대한 연민처럼 그리운 마음이 새록새록 들었습니다.

저는 다시 새로운 10년을 맞아 변화를 꾀해야겠다는 생각을 했습니다. 그것은 아마도 새로운 10년이 젊고 아름다운 시절에 대해 안녕을 고함과 동시에 어쩌면 성숙한 자아를 만드는 시기가 될 것이라는 생각 때문이지요.

제 아들도 그렇지만 요즘 청년들은 가지 않은 길에 대한 생각들을 너무 복잡하게 합니다. 가지 않은 길에 대한 두려움과 난망함, 불안감, 불확실성 등을 어느 세대보다도 더 심각하게 의식하는 것 같아요. 심지어 결혼조차도 두려움에 휩싸인 그런 길로 여기는 듯합니다. 그래서 때로 시니어세대들은 그들을 이해하기 힘들고 마치 행성에서 온 세대처럼 느껴지기도 합니다. 그래서 저는 아들에게 이야기합니다.

"복잡하게 생각되는 문제는 의외로 단순하게 접근하면 된다. 지금 무엇을 시급히 해결해야 하는가, 그 우선순위에 따라 결정을 하면 될 것이다. 물론 선택에는 위험이 따르고 가지 않은 길에 아쉬움은 있기 마련이다. 그런데 인생이란 모든 길을 다 갈 수는 없다. 그때는 선택을 해야 한단다! 인생에는 정답이 없는 것이니까……. 반드시 그걸 해야 행복하다는 법은 없단다."

누구나 대부분 '가지 않을 길'이 있을 것입니다. 애당초 가지 않은 길이었거나 또 저처럼 중도에 그만둔 경우도 있을 것이고요. 하지만 선택한 길이나 선택하지 않은 길이나 모두 그 길을 가다보면 아름다운 꽃들이 피어 있을 것입니다. 물론 폭풍우를 만나 비에 흠뻑 젖기도 하고 건널 수 없을 것 같은 큰 강을 만나기도 할 것입니다. 어느 길을 가더라도 말이지요. 다만 그래도 좀 더 열정적으로 갈 수 있는 길, 더 즐겁게 몰입할 수 있는 길, 조금은 이타적인 길이라면 그게 가볼 만하고 가보고 싶은 길이겠지요.

누구나 세월의 강가에 서면 "가는 것이 저 물과 같구나. 멈추지 않는구나"라고 말한 공자와 같은 상념에 빠져들겠지요. 저 또한 다시 세월의 강가에 서서 공자의 마음이 됩니다.

인생을 살면서 참 많은 일들이 있었습니다. 누구나 힘겨운 날들을 맞으면, 어떻게 할까 한숨지을 테지만 나중에 보면 그 순간은 어느새 지나가고 다시 새로운 날들을 맞습니다. 그래서 수천 년 전 사람들도 '이 모두가 지나가리라' 읊조리며 위안을 구했을 것입니다.

결국 모두가 무상함 속에 묻혀버리고 말 시간들 날들 세월들입니다. 한숨과 탄식, 혹은 환희와 주체할 수 없는 행복감조차도 모두 지나가는 것입니다. 혹독한 겨울이 지나면 언젠가 반드시 봄이 올 것입니다. 그리고 그 찬란한 봄날도 언젠가 절정을 지나가겠죠. '이 모두가 지나가리라!'는 말처럼 말이지요!

제가 그동안 인연을 맺은 분들에게 레터를 쓰는 것도 언젠가는 끝날 날이 올 테지만 그때까지 소소한 안부를 전하고 싶습니다. 아마도 이 레터를 쓰는 기간이야말로 제가 이 지상에서 누리는 아름답고 행복한 날들이 아닐까 싶습니다. 감사합니다!